永远对美好的
自己
充满期待

萱草————著

这里有段悄悄话，
————等着你签收

长江出版传媒　长江文艺出版社

×
Full of
expectation to oneself

永远对最好的自己充满期待　　因为有心愿，所以才会实现

✕

这是很长，很好的一生。永远不要气馁和绝望。
要相信，生活总会给你第二次机会，叫作明天。

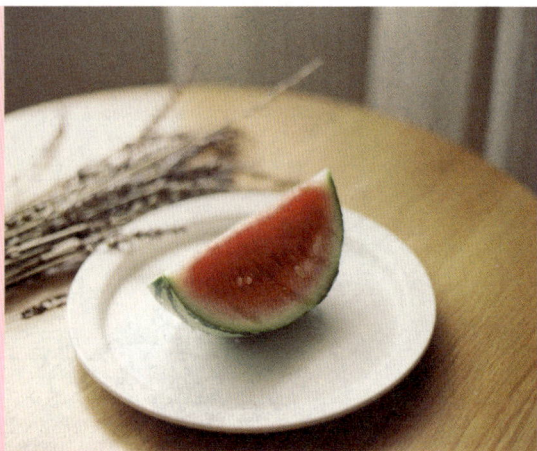

x

有些事情不必太过勉强。
有些时候不用刻意假装坚强。
有些人不必special讨好。

不管你们有过怎么刻骨铭心的承诺，但当它变质的时候，

无论多不舍，你都要勇敢地放弃。

就像过期的食物，再喜欢，也要丢掉，

一直留着或者吃掉，伤害的是自己。

我们爱一个人的前提，是要学会好好爱自己。

×

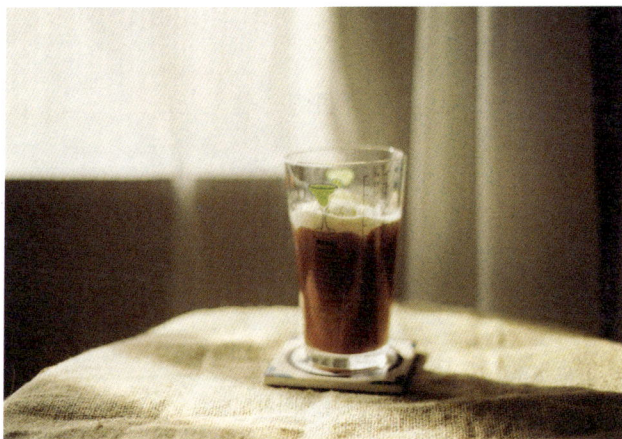

●• 目录
Contents

Part 02

取悦自己，才是终身浪漫的开始

×

●• 目录
Contents

Part 04

很高兴你能来，不遗憾你离开

✕

当年那个在路灯下哭泣的女孩，你还好吗？

今年是我来北京的第十一年。

也许是去年已经在心里举办了一场盛大的"来京十年"的自我纪念仪式，今年的我在面对"十一"这个数字的时候，内心已无波澜。

从未想过自己会在一个除家乡之外的城市待这么久。

小时候跟叔叔阿姨在一张大桌上吃饭，同坐的还有一个和我同龄的女孩子，她当时握筷子的姿势引起了大人们的注意和好奇。

"哎哟，这小姑娘手拿筷子最顶端，离尖尖这么远，看来以后啊，要嫁很远哩！"

我默默地看了一下自己拿筷子的手势，小胖手握在了筷子中间，说近不近，说远不远。

我妈在一旁催促我说："赶紧吃你的饭，以后你爱走多远走多远。"

未曾想，多年后，同桌吃饭的女孩留在了家乡教书。而我却真的留在了离家不远也不近的大北京，一待就是十一年。

而当年似乎不管我漂泊多远都只顾催促我快点吃饭的母亲，这几年在我每次回家的时候，却总和我念叨留在家乡的好处："回来吧，在外面你很辛苦的。"

我知道她并非是执拗地劝说我回去，每次谈及此事，我总是能从她的表情或语气中察觉，她是真的很想念我。

去年大学同学聚会，说起这十年，众人纷纷感慨时光易逝，青春难留。

我当年同屋的一个可爱的四川康定妹子用模仿小品搞笑的口气说："这可真是时光如梭，岁月如歌。"惹得众人大笑，躲在角落里的我笑着笑着鼻子竟有点酸。

看着眼前这些熟悉的面孔，男人依旧如少年般英俊，女人依然同少女一样温婉，可眼里却都多了些许沧桑；看着桌上的饮品由当年在校时聚餐的可乐，悄悄换成了啤酒、二锅头。

看着周遭熟悉又陌生的一切，我明白，我们终究还是在时间的洪流中，被冲走、冲散、冲向未来。

它就好像洪水猛兽，容不得你多做停留，你稍微不留神就会被它从一个陌生的地方带往到另一个陌生的远方。

而终点到底是哪？没有人知道。

我们只能日夜兼程赶路，唯恐被时间的洪流淹没、遗忘。

时间，容不得我们慢慢长大。成熟，好像真的是一夜之间的事。

大学毕业之前，我从未觉得生活有艰难的时刻。

之前无论有多困难，我都会默默地告诉自己努力再坚持一下就好了。可是一旦离开了大学的校门，面对这个更加复杂的社会，尽管已经做好了心理准备，在现实面前还是不堪一击。

我很清楚地记得毕业那年，夏天的一个傍晚，我和朋友去蓟门桥看房子。

那是一个临街的小两居，而我们准备租的，只是其中一个小房间。

刚毕业，大家本来还没有挣钱，又不好意思跟家里要，所以只能将就着两个人租一间房，分摊房费。

虽然条件艰苦，但在那时的我们看来，这是离开学校后新生活的开始，所以完全没有任何悲观情绪，满心满眼都是快乐与希冀。

看完房后，在房租问题上，我们涨红了脸小心翼翼地问房主价钱能否再便宜些，得到了否定的答案后，我们决定先下楼讨论一下，只要房主等我们十五分钟左右的时间就好。

其实在那间房子之前，我们已经看了不下四五十套的出租屋了。正值毕业季，我们每天晚上提前在网上找好房源，一一打电话联系房主，白天再根据地址一家家找过去看房，身心俱疲但还要硬撑，双脚被磨出水泡但还是要忍痛继续走路。

这次看的房子，我们觉得还比较符合我们的预期，但费用有点超出预算。

经过一番困难的选择和心理煎熬后，我揉了揉早已酸痛的腿，叹了口气说："就它吧，实在跑不动了。"

于是朋友给刚才的房主打电话说，我们想好了，准备就租这间了。

结果房主却抱歉地回复，就在我们讨论的时候，房子已经被别人订走了，不能租给我们了。

一瞬间我们觉得自己的整个世界都黑了。一盆凉水从头浇到脚，呆若木鸡。

我一遍遍地在电话中询问房主是不是我们哪里不够好让她不想租给我们了，她连说不是的，确实是有一个房客在我们犹豫的时候，就做好决定租下了这间房，就是这么不巧。

可我还是想不通。我始终执拗地认为，一定是自己哪里不够好，被人拒绝了。

刚才还感觉闷热得让人想流汗的空气，忽然变得冷飕飕的，寒气从每一个毛孔踊跃地钻进我的身体里，扎进我早已变凉的心。

我顿时觉得，这个世界原来不只是我看到的光鲜美好、温暖惬意，在某些时刻、某些角落，还是隐藏着无边的黑暗和落寞。

是我以前见多了这个世界的美好，未曾想过不尽如人意才是生活本来的面目。

在这个世界上，有些事情不是靠努力就能达到理想的预期。

你要学会忍受委屈，学着接受一些不公平和事物的不完美，学会包容这个社会的一些小缺点，学会让自己静下来，学会和这个世界友好相处。

马尔克斯说，生命中曾经拥有的所有灿烂，终究都需要用寂寞来偿还。

那晚的我依旧没有租到房子，我蹲在公交站旁，撇下朋友一个人哭了很久。

像极了一个被男友抛弃的女子，伤心无助地坐在马路牙子上痛哭，惹得过往的路人纷纷侧目。有一个大妈还走过来递给我一块纸巾让我把眼泪擦干净。

我抬起头泪眼蒙胧地看着周遭高楼耸立，楼上亮起的灯火和着泪光的晕影，看起来像一颗颗星星，漂亮极了。

可是却没有一颗，是为我守候，为我停留的。

那晚，我真的很难过。

即便后来过去很久，每每想起当时的场景，内心依旧酸涩。

我想，当年躲在路灯下痛哭过的、跌进深深无助和难过里的人，可能不仅仅是我。

这么多年过去了，想问问那些人，你，你们，都还好吗？

对于过去，还怀念吗？

一转眼已经在北京生活了十一个春夏秋冬。

家乡对我来讲从生我养我的地方，到后来上大学后变成了只有冬夏、再无春秋的城市，再然后工作后又慢慢愈加远离，终于成了一个多数时候只在梦中才能见到的地方。

这些年风风雨雨一个人走过来，现在回头，仿佛依旧能看到当初那个夏夜，我蹲在路边，泪眼蒙眬地看着城市的高楼里如星星般闪亮的灯光。

大学时特别喜欢听薛凯琪的《半路》。

下过雨的高楼，天亮前的风，醒来的我。

灰蓝色的天空，往事如云，眼中浓缩。

街灯广告行人，繁荣的寂寞，围绕了我。

阅读不完的梦，在日子里，写成小说。

摩天楼外的下班人群，向车站移动。

车尾灯往前走，像一条河，有人等我，有人爱我，某一种未来，适合我。

是的，远离家乡的我们都是城市的过客。在同一片夜空下，或许做着不同的梦，但却有着同样的寂寞。

刘亮程在《寒风吹彻》一书中写道："落在一个人一生中的雪，我们不能全部看见。每个人眼底里的情绪，我们不能全部知晓，只有自己知道。"

但花开终有时，过客终有远方可去，大雪终会融化，春天终会准时赴约，消融一切冰霜。

亲爱的你啊，不要觉得孤单和寂寞，难过或沮丧，我们每个人都是一边带伤一边坚强地行走，因为只有离开原地的阴影，转过身来，才会更加接近阳光和希望。

这些年的所念所感、所想所悟，我都一一记录下来，化为文字，见证了我这段难忘的时光。

这本新书里记录的，有一些是我曾经的某段经历，虽然苦涩，却是我最为珍视的财富。除此之外，还有我在之前的人生中曾遇到的所有温暖，和对未来生生不息的希望。愿那些温暖我的，现在也可以温暖你。

记得在很小很小的年纪，我母亲最爱做的事就是把我在家上学时写过的作文和随笔整理成文稿，打印装订收藏。

那个时候我拿在手里沉甸甸的，心里暖暖的，幸福感满得都要溢出来了。

而如今，终于可以把自己的文字装订成册出版，并且堂堂正正摆在书店的书架上供人阅读欣赏，想想，还觉得自己是在做一场梦。

感谢当年那个蹲在夜灯下痛哭却咬牙坚持的自己，感谢父母的理解支持，感谢身边朋友默默的关心，让我一路走来，虽然难免有风有雨，但也一直勇往直前，不畏不惧。

这样的一份心情，都凝聚在了书中，愿与你分享。

未来的日子里，希望能和你携手并肩，继续风雨同行。

　　只要一直往前走，所有的事情总会变得越来越好。如果没有变好，那就是还没有走到尽头。

　　你说，是吧？

Part 01

永远对美好的自己充满期待

　　无论现在如何艰难，都不要轻易放弃自己，相信自己
拥有变好的能力，成为最好自己的可能。在动荡的还没老
去的日子里，我们都会继续勇敢地兜兜转转，飞蛾扑火，
最后满血复活。

这是很长很好的一生

我后来回想,以前我整个中学年代,可能都患有某种意义上的"自闭症"。

当然这个"自闭症"是我自己定义的,那个时候的某些时刻我会非常痛苦、手足无措,拼命想要逃避却无法摆脱。

我一直以为自己是个个例,跟别人倾诉再多也没人懂,而且这件事说出去别人或许根本就不当一回事,只会一笑而过,又或者是惊讶地询问我究竟为何。

我无法回答,所以选择不说,选择沉默。

现在做了主播后,有了自己和粉丝的沟通平台,每天都会在后台收到上百条留言和询问，这才发现，原来好多人都有和我当年同样的苦恼。

不只如此，还有很多其他的秘密，都和当年的我如出一辙。

我这才恍然大悟：或许我们自认为最独特的感受、所有的秘密其实都是和别人一样的，只是有时候不知道该向谁诉说、如何倾诉，最后我们选择咽下，让伤口随着时光慢慢愈合。

有一个粉丝问我："我特别自卑。不敢抬头看别人的眼睛，不敢去任何热闹的地方。老师公布学校要组织活动时，其他同学都特别开心，而我却忧心忡忡的，担心没人和自己一起玩该怎么办，自己被冷落该怎么办，现在已经严重到我不想去上课了。萱草姐，你说我该怎么办？"

看完后我很想给这位粉丝一个大大的温暖的拥抱。

我立马回复她说："其实你所有的感受，我曾经也都有。"

我可能不止一次在以前的文章中提及，上高中的时候，每天中午和下午放学后要去吃饭的那段时间，简直是我的噩梦。

百分之九十的同学都是住校生，我们班只有几个走读生，而且除了我之外，其余都是男生。

我没有一个真正玩得好的朋友，就算有关系比较近的，那个同学身边也必然有其他关系更好的住校生。

我不知道在看文章的你，有没有这种感受：上学时，大家好像都有种默契一般迅速找好自己的小伙伴，不管是去食堂还是上体育课，都会两两结伴或者几人同行。

老师一说下课，大家纷纷自动找到自己的小伙伴，然后有说有笑地离去，而被剩下的孤零零的人，大都沉默不语，埋头跟在大家身后。

我曾经也是那个跟在别人身后的孤零零的人。

我找不到小伙伴，好笑的是有一次我问玩得好的一个女生："以后放学能不能和你一起去食堂？"她犹豫了一下还是抱歉地拒绝了我："我怕 xxx 会不喜欢，因为她说她只想和我一起做事情。"

这就是当年我上学时最真实的写照。

没心没肺、称兄道弟、组帮派的男生们可能永远不能理解，为何女人这么矫情。

而其实，在那样一个青春懵懂、羞涩胆怯的年纪，总觉得自己的一言一行都会被曝光在所有人面前，跟谁走得近或者走得远都会被当作别人窃窃私语的谈资。

女生尤其对"玩得好的人"和"一般同学"这两种人划了特别清的界线。

而我，就应该属于对于谁来讲都是"一般同学"的那一类。

我害怕活动的时候被剩下一个人，害怕没有一个好朋友，害怕被大家嘲笑。

后来每次去食堂打饭的时候，一进三层熙熙攘攘、人声鼎沸的学校餐厅，我就会有种立马要昏厥瘫倒在地的感觉。

我好像得了"人群恐惧症"，我害怕遇到熟悉的同学和朋友，我害怕自己找不到就餐位置，在别人同情的目光中端着餐盘尴尬地溜来溜去；我害怕单独坐在那里，就仿佛有一束追光打在我的头顶，被所有人注视。

我有太多恐慌，太多担忧。

实际上，那段时间，我甚至感觉我头顶安了一盏照明灯，走到哪儿，大家仿佛都在看我。

这让我非常不舒服。

去过一两次食堂后我决定放弃，有时候我宁愿饿肚子也绝不让自己再去遭受那样的折磨。

　　我意识到了我自己的异常，并且想到这可能是一种心理的"病态"，我首先想到的，是解困，是自救。
　　我觉得我不能这么下去，但是又找不到很好的解脱途径。

　　后来我看了一本书，书上说："放轻松，其实你并没有那么多观众。你以为的一切都只是你以为，这个世界上大家都很忙，真的没有空关注你。"
　　我幡然醒悟。

　　是不是自己想得太多了？是不是自己把悲观的情绪放得太大了？是不是自己神经过于敏感了？
　　于是我开始试着给自己松绑，从衣着开始。

　　以前的我总是临睡前思考，第二天要穿什么，会不会搭配得不好或者担心自己一件衣服已经穿得太久，会招致大家的厌恶。
　　之所以会这么在意，可能是潜意识里很在乎别人的想法。
　　我试着在临睡前不去想这些事情，第二天到来时，顺其自然，根据自己当天的心情来随机搭配。

一件衣服穿太久也好，搭配得不好看也罢，我试着不去在意这些事情。后来我慢慢地发现，这样随意了一些后，自己竟然也放松了许多。

后来的自己，由搭配精致变成了舒适第一，我慢慢学会了讨好自己，而不是最初的讨好别人。

同时，我也不断尝试让自己"厚脸皮"。

努力让自己不再惧怕"落单"，不再害怕一个人。

从去食堂吃饭的时候打完饭坐在一个不起眼的角落里，到后来慢慢地位置越来越随意，我开始适应食堂嘈杂、人流繁多的环境，开始学着自娱自乐，试着让自己静下来、慢下来享受食物，感受生活。

在人际交往方面，我也是"厚脸皮"地黏朋友，而不再躲躲藏藏。

和她们一起玩游戏、课间一起讨论八卦，干什么事情都大大咧咧地说"带上我"，甚至厚着脸皮笑着跟别人说"别想甩开我"。

试过这些事情后，我发现原来和别人的交往也没有想象中那么复杂，人与人之间的隔膜用心去碰一下就捅开了。

我变得不再小心翼翼，不再神经兮兮，不再畏首畏尾，想说什么就说，想做什么就做。

大大方方做自己，不再思前想后、忧虑重重。

有句话叫作"放下石头走路"，没错，很多时候，你怀里抱着的那块沉重无比的大石头，都是你自己在半道上捡起来不肯放手的。

我想跟那位当初给我留言诉说苦恼的自卑的姑娘说，妹子，其实你很优秀，只是你要给自己一个机会，放下你心头那块石头，关掉你头顶那盏灯，走进身边人的生活，你会发现，原来生活可以这样美好。原来这一切，都是自己多虑了。

不管是自卑还是恐惧，都是内心对自己的一种不自信和不肯定。但归根到底还是自己想太多，太在乎别人的感受。与其担心别人会怎么看自己，不如让自己好好地活在当下，享受每一天。

因为人生啊，本来就是一个人的。

这城市风很大，孤单的人都想家

刚刚毕业工作后，我一度特别压抑。

那个时候我的朋友不多（尽管现在也是如此），特别要好的都不在一个城市。

刚毕业的第一份工作，由于社会经验不足，再加上工作岗位的严格要求与压抑的氛围，以及冷漠无情的领导的漠视，我干得非常不开心。那段时间，我每天都是早上五点起床，晚上十一点回到家，心力交瘁。

每次和父母打电话，妈妈问起工作上的事："顺利吗？"

我都会笑着说："挺顺利的，大家待我都不错。"

妈妈又说："你自己要勤奋一些，机灵一点，是不是做得好年终就有奖金了？"

我说："是呀是呀，放心吧，我会好好干的，会努力加油。"

那边又絮絮叨叨了许久，才挂断电话。我默默看着手机屏幕上"结束通话"四个字，这才放心地大哭起来。

其实我过得一点都不好。

其实我就算再努力，第一年也不会有奖金。

其实在这里，好像不是你多努力就能得到多少赞许。

这些苦楚只有自己知道，但没有人会同情你。大抵都会讲"新人嘛，慢慢来，困难一点是必然的"。

甚至有个领导在一次晨会上，看到我委屈得快要掉泪时，说："有些人就是被保护得太好了，目前为止还没有遇到什么挫折，所以现在遇到一点小事才会觉得天都要塌下来了。"

我瘪瘪嘴，努力让自己想一些好笑的段子，好把眼泪憋回去，可是，泪珠不听话，"啪"地一颗一颗打落在地上，所有人都齐刷刷地看向我，那一刻，我真的好希望是世界末日，地球赶紧爆炸。

有一年冬天，晚上我加完班，锁好门出来，寒气直往我衣领里钻，仿佛张着獠牙的大口，一寸寸地要撕裂我的皮肤。

我哆哆嗦嗦找了半天手机，准备给爸妈打个电话聊聊家常。忽然右边保安大哥端着热气腾腾的泡面碗走过来，看到我，用平日里听不到的温柔语气说："小姑娘家家的，每天都走这么晚，还没吃饭吧？赶紧回去吧。"

不知道是因为他平时太严厉和此刻极其温柔的语气有着太大的反差，还是那晚的风真的太冷太刺骨，抑或是他手里那碗泡面上幽幽升起的热气，让我觉得画面暖得不像话，反正我和他交谈了几句之后，转过身便泪如雨下。

我忽然想把所有的委屈全都倾吐出来。不管不顾了，什么坚强，什么勇敢，全都见鬼去吧。

那晚，我坐在我工作的银行门口的石阶上，跟母亲打了整整一个小时的电话。

边说边流泪，哭得不能所以。

我反反复复说："我太累了，我受不住了，我不想干了。"

最后说到没有力气了，哭到脸被冷风吹得要裂开了，才慢慢停了下来。

母亲安慰我说："既然这样，那咱们就不干了。"

我哭着说"嗯"，就像孩子一样，抽泣着，埋怨着，完全不顾自己已经是毕了业的大姑娘，完全不管平日里报喜不报忧的念头。

我挂断电话起身的时候，差点栽了个大跟头。整个下半身已经被冻僵，屁股完全失去了知觉。我用手狠狠地捏了一下大腿，完全麻木了。

我以一种奇怪的姿势在原地待了许久，然后一点点试着移步。

那次被冻僵的后遗症就是"大姨妈"好久没有来。这对于女孩子来说，真的是太不爱惜自己了。

我没敢跟大夫说真相，只说熬夜熬多了，却依旧换来大夫的一顿猛批："小姑娘得注意，不能凭年轻就这么不爱惜自己……"

最后，大夫说："睡前喝杯牛奶，千万别再熬夜了。"

我说："好。"

她说："好什么好，你们这些小姑娘啊，回去肯定又是老样子了……"

以前我最不能忍受那种自以为是、念念叨叨个没完的人。

但是在听医生絮絮叨叨的那一刻，我心底竟升起一团温暖。

我想让她再念叨我一些别的事，比如，小姑娘家的，有什么事别硬扛，不开心就拉倒，别为难自己。

她见我怔了半天，又念叨："哟，这小丫头还发起呆了，刚才看着挺机灵啊，是有心事吗？那阿姨这里可管不了，你得挂心理咨询，要不要我帮你看看还有没有号了啊？"

我忽然笑了。

她吓了一跳，"我的妈呀，你可不带这样吓阿姨的啊，阿姨大你那么多岁了，这要是把我吓过去了可不好玩，后果很严重！"

没等她说完，我说："好的，我知道了，我回去一定早点睡觉。"

然后我看见她笑了，笑得很温暖。

就跟那晚遇见的保安大哥一样温暖，就像他手里端的那碗泡面一样温暖。

身体恢复后，我毅然决定辞职。

那个时候下一份工作还没有找好，以后要做什么也还完全没有头绪，但是心里却异常轻松，有一种发自肺腑的痛快与舒畅。

我这才忽觉这段时间真是亏待了自己。

有些事情不必太过勉强，有些时候不用刻意假装坚强，有些人不必特意讨好，有些处境柳暗花明又一村。

不过要感激那段最难熬的时光，它教会了我太多的道理，我仿佛瞬间成长。后来，每每回想起来，都觉得那也是一笔财富。

那么黑暗的岁月都熬过来了，以后还有什么好害怕的。牛鬼蛇神都遇上了，以后再来什么妖孽，我也不怕。

这城市夜晚风很大，吹走虚伪与浮夸，行走在月亮下的街道，每一个人都想家。

真正幸福的人，早已闭嘴

刚有微信的时候，我特别爱看别人发的朋友圈。

每天在小小的屏幕里，阅尽别人的生活百态，有开心有烦躁，有喜悦有抱怨，更多的人是在碎碎念一些小事。

"哎呀，每天中午都愁要吃什么。"

"好烦啊，这个点儿了还睡不着，干点什么好呢？"

"我爸妈今天又打电话来催我找对象了，我也愁啊。"

......

诸如此类的情绪抒发，朋友圈比比皆是。那段时间刚接触微信，正处于发现新大陆的兴奋期，我乐此不疲地一一点开朋友的头像，围观他们每一天的状态，不错过任何图片和字眼。

持续强势围观了一个多月后，我突然发现，每天频繁更新状态的好像就是那几位朋友，而有好多我特别想知道近况的人，却很久都没有消息，也很少能够联系到。

翻开他们的朋友圈，大都是转发的文章链接，偶尔有一两句关于生活的感慨，更新的频率也几乎是按月来算的，和那些每天碎碎念的朋友简直差太多。

或许是因为他们每天生活太枯燥无聊吧，或许没有什么值得发表感慨的，他们习惯了围观别人精彩的生活，所以对自己的生活只字不提。

直到后来有一次朋友聚会，我见到了一位不经常在朋友圈更新状态的同学，本来打算和她抱头埋怨一下这枯燥无味的生活，未曾想看到她的第一眼竟让我久久合不上嘴。

她变得更漂亮和自信了。身着的一袭淡黄色连衣裙也特别精致，看得出是用心挑选的。

她的十个手指都做了漂亮的美甲，颜色大气淡雅。她身材匀称，走起路来摇曳生姿，让人完全移不开目光。

她完全打破了我之前的所有设想。

毕业这么多年，她属于那种更新状态特别少、在朋友圈甚至朋友群里都特别少说话的人，不是不热情，只是在这个网络时代，大家都习惯了自曝生活，突然有一个不发表任何生活状态的人倒显得低调了。

我很好奇她的生活究竟是怎样的，更想问出那句话："为何不见你更新朋友圈？"

宴席过半趁大家闲聊的时候，我挪到她的身边，开始参与她与周围人的谈话。

还没等我问出口，她倒主动向我打听起来："哎，亲爱的，听说你现在在做主播，怎么样？工作还顺利吗？"

我笑着说："还好吧，大家可能觉得挺有面儿，不过有时候也挺累的，没有大家想的那么轻松。"

"对了，我的生活都在朋友圈里发了啊，大家应该都看到啦。"

没想到她说："啊，我现在天天在家带孩子，都没有时间去看朋友圈。真羡慕你们上班的，我现在完全是个老妈子。"

我急忙说："哪有？你现在看起来完全还是一个妙龄少女好吗，你可别亏自己了，再说我们这些人都无地自容了。"

她嫣然一笑，说："真的吗？哈哈哈，是啊，我可不能那么快变老，爱美是女孩子一辈子的事业嘛。"

说真的，看她的状态你真的想象不出她已经是两个孩子的母亲了。

一个男孩一个女孩，儿女双全凑成了"好"字，老公也对她宠爱有加，真是让人心生羡慕啊！

按理说生完宝宝的妈妈应该特别喜欢晒自家娃才对，不过她不一样，她虽然也晒，但比起来那些一天恨不得更新一百条宝宝状态的人来说，一个月更新一两条的频率让我觉得很克制。

我问："你们家宝宝怎么样啦？怎么没见你发过他们的照片？什么时候带过来让我们见见啊？"

她笑着说："当了妈之后才知道父母有多辛苦，我现在照顾孩子的时间都不够，哪儿还有时间发状态呀？我每天过得特别充实，一般晚上孩子睡觉后，我才偶尔放松刷个朋友圈，上网购个物。"

"哇，那你这也太辛苦了，做了妈妈也要有自己的时间和空间啊！"

"我们家请了一个保姆帮我分担家务，所以我觉得还好，并没有太累。不过好像也确实没有太多闲散的时间。"

听到这里我好像懂了，终于明白为何她不爱发朋友圈。

不是不爱，而是有比发朋友圈更重要的事情要去做。不是不发，而是想要拿发朋友圈的时间去做其他有意义的事情。

之前看过一本书，书中有句话是这么说的：真正幸福的人，早就闭嘴了。

你会发现你身边经常有这样一群人：他们每天喊着减肥、换工作，抱怨生活，每天把细碎的情绪完整展现在众人面前，每次都以一种永不回头的姿态要对生活来一次变革。

可是结果，你会发现，在几个星期后的某一天，你在朋友圈又看到他更新了类似的一条状态，之前的那些口号并没有落实，现在仍旧重复着之前不如意的生活，并继续抱怨。

还有另外一群人，是你尊重或仰慕的老师或同学或朋友，他们热爱生活，努力工作，但却很少见到他们频繁更新自己的生活状态。往往是工作取得了一定的进展，特意发出来纪念一下，或者是领证结婚炫耀一下，通常你很难在朋友圈见到他们的身影。

　　他们的生活过得不如别人精彩吗？并不是。

　　相反，这些人出入的饭店都很上档次和高雅，随便在餐前拍一下菜式和餐厅环境发出来都能够立马秒杀朋友圈的一众朋友。

　　他们也经常周末去度假、去国外旅行，随便拍一下国外的景色并配上一段煽情的文字，在某些人看来，简直是起范儿的最佳模式。

　　但他们并没有这样做。或许在他们看来，这些都是没有意义的事情。

　　他们并不关注菜式好不好看、环境高不高档，而是更注重饭局上的事情有没有谈成。他们不在乎去度假的地方多么洋气令人羡慕，而是更在意自己和家人有没有真正玩得舒心。

　　刚接触网络的头几年，我也曾是一个特别爱拍也爱晒的土妞。

　　自己拍了一张大头照，迫不及待加上一层模糊得不能再模糊的滤镜发出去，忐忑不安地期待网络那边的人看到；去和朋友吃个稍微贵一点的自助，一定要把餐盘上的 logo 露出来拍一张照，发到朋友圈来告诉所有人"我吃过"；过生日朋友送了一件稍贵重的东西，也喜滋滋地赶紧发出来让大家看下我收到的令人羡慕的生日礼物。

　　现在有的时候无聊，我会坐下来慢慢翻看自己以前的朋友圈，越看到早期发的状态，我越觉得有种羞耻感。

满满的有着滤镜的照片（非主流即视感），一张张看起来并不美味的餐馆的食物图（完全不理解当时为何要发出来，食物看起来又不好看），一句句无关痛痒的牢骚（现在完全看不懂），都能让我刷地羞红脸。

叹当时自己太浮躁，少年不识愁滋味却偏道"夕阳无限好"。

这些年的生活和工作经历让我慢慢静了下来。岁月的沉淀、年龄的增长，慢慢地让我更加注重生活本质，摒除之前那些浮躁，重新回归生活。

我开始变得不再爱看朋友圈。

之前每次无聊的时候喜欢随手翻朋友的状态，而现在一旦无聊，我会打电话或者发消息给好友；之前每次在深夜睡不着的时候喜欢打开手机看朋友圈，而现在，爱的人就在身边，睡不着就把他戳醒陪我一起失眠；之前每次等车等人无聊的时候喜欢翻朋友圈，而现在我会选择去网上帮家人选购一些家居用品，或者查找最近的演出或游玩信息，以备不时之需。

距离上一次更新朋友圈已经半个多月了，这半个月间我做了很多事，但是很奇怪，我再也没有做点什么事就兴冲冲发朋友圈的欲望了。

翻看这几年更新的频率，明显能看得出更新间隔越来越长。因为我越来越觉得自己的生活，自己过好就好，无须向他人多说，也不用他人都知道。

生活嘛，如人饮水，冷暖自知。

爱的人就在身边，想说话的时候能有人随时应和，开心的时候有人分享，难过的时候也有人像大白一样把你紧紧抱住。你的生活充满了爱，充满了色彩，每天想要去努力地热爱生活还来不及，哪里还需要发朋友圈。

真正幸福的人，早已闭嘴。

你只是还未全力以赴

我感觉有的时候我自己的情绪很分裂。

遇到难过的事情，觉得背上仿佛压了一座山，闷得我喘不过气来，时间一长竟有些抑郁，整日昏昏沉沉。

而遇上了开心的事情，瞬间又变身元气少女，觉得之前遭受的一切挫折根本算不得什么，生活是如此美好。

就一直这样反反复复，情绪一直不稳定。

在这个世上生活，大多时候我们会疲于应对生活的琐碎，日复一日地重复着你可能并不热爱的工作，每晚躺在床上都要在心里抱怨一句对生活的不满，不明白为什么自己不能过上富二代或者官二代那样轻松的生活。

我们不明白的事情有很多。

比如为什么当年学习成绩还不如自己的那个女生，毕业之后竟然去了一家很不错的公司工作，每天很闲地坐班，一个月挣的钱比自己一年挣的可能都多。

不明白为什么同样都是打工的，那个刚来没多久的小伙子就可以轻轻松松赢得大老板的赏识，在年底的总结会上被破格提升为部门主管。

不明白为什么那个家里很有钱的女生，不仅有钱还长得漂亮，婚姻幸福，简直是人生赢家。

你不明白为什么自己没有这么好的命，不明白为什么这样的好事就轮不到自己身上，不明白上天为什么这么不公平。

你一直在抱怨，仿佛别人所获得的一切在你看来都是不劳而获，你觉得，他们的命都太好了。

有些人从一出生时就赢在了起跑线，而自己身上背负了太多的责任和义务，只能像蜗牛一样慢慢前行，这辈子都没有希望追上跑在自己前面的人。

可是你问问你自己，那些你喜欢的事，你真的全力以赴了吗？那些你觉得过得比你好的人，他们背后的故事你了解过吗？

先来分享一个我的故事。

去年夏天，我报名开始学车。说起来学车的动机，现在想来真的要感谢那时候一念之间的冲动。

那是一个酷暑，烈日炎炎，树枝上的蝉也被炙烤得毫无力气，反常地趴在树叶上懒得叫唤，安安静静。

其实从高考后的那个夏天就打算学车了，可就是一直拖着，总觉得不急，有时间也是先去做别的事，这一耽搁就是五年。

拖拖拉拉，终于在去年的夏天，我有一天浏览网页的时候，又看到了驾校招生信息。这次我不知道哪儿来的信心和勇气，下定决心在 2015 年内一定要把驾照考下来。在这股冲动之下，我来到离公司最近的报名点，填了报名表，交了学费。

拿到确认表格的那一刻，我恍如做梦。

这次是真的把自己逼上梁山了。好汉不能回头，自己选择的路，怎么着都要走完。

　　2015 年 12 月 30 日，我终于完成了自己制定的目标，拿到了几年来心心念念的驾照。

　　后来我不止一次地感激自己的"冲动"，觉得若不是那个夏天我看到了那则驾校招生广告，若不是我当时脑子一热立马冲出去报名，恐怕我现在还沉浸在"不着急"的自我安慰中。

　　在学车的过程中也遇到了一些一同学车的学员，和他们聊天，感触良多。

　　有一个大哥，我印象特别深。某天中午练完车，去食堂吃饭，他坐我对面。一张桌子上只坐了我们两个人，沉默难免让彼此尴尬，所以就你一句我一句地聊了起来。

　　他不停地抱怨教练的严苛："哎呀，我那个师傅啊，就只知道说我，北京人，说起话来特气人，方向盘弄错了一点他就翻白眼，倒车没有倒好脸色就立马难看了。"

　　我心里默默庆幸，幸好我没有被分到那个教练组。

后来我又在练车场上看到这个大哥，当然还有他的教练。我在旁边观察了两三分钟，感觉完全不是他描述的那样。

教练就是很正常地在教他如何倒车，如何打方向盘，什么时候打，打几圈。和其他教练一样，把过程交代得很详细，特别认真负责。

但是这位大哥听教练讲的时候连连点头，到了自己做的时候就完全不是那样了，刚才教练说过什么他完全不记得。眼看教练的脸色越来越差，我终于明白了其中的问题。

学一件事情要走心，很显然这位大哥并没有往心里去。其实如果他能逼着自己注意力集中，根本不难记住教练交代的东西。所以我想，有些事情你需要逼自己一把。

那些看起来很美好、很高大上的理想和计划，不要让它们只是你的一个梦。一件事情，想做，就立马行动，行动了就要做好，别找任何借口，因为你要对自己的时间和梦想负责。

其实我们每个人都一样，别人能成功，那必定是做了一些你没有做的事情。你可能抱怨说别人有资源、人脉，这些你都没有，但是你有没有想过，别人还付出了比你多百倍、千倍的辛苦。

在你看来很不屑的比你学习成绩差却去了好单位的女生，你不知道的是人家为了获得这份门槛很高的工作私下里努力去考了几个证书，才有资格拿着这些敲门砖坐上令人羡慕的职位。

你不知道那个和你一起进公司、得到老板赏识的小伙子，为了一份计划书可以每天加班到凌晨，老板离开的时候路过他的座位还能看到他精神抖擞地做着 PPT。

你不知道那个在你眼里白富美的公主，她私下里接受了怎样严格的家教，学了多少乐器，琴棋书画样样精通，才赢得了婆婆家的喜爱和老公的怜惜。

每一个让人羡慕的人的背后都有一段你不知道的辛苦的付出。

没有什么成就是理所应当的，没有任何收获是不劳而获的。

希望你停止抱怨，多去赞美，承认别人的优秀，是自己变得更好的第一步。

又想起学车的那段时光。

每天早上五点半出门，步行十五分钟去离家有点远的地方等班车的到来。

印象特别深的是，有一天是北京的初雪。一出门，天还是黑黑的，但还是能看到大地上覆盖了一层白茫茫的大雪。艰难地行走着，心里一片凄凉，自嘲怎么看起来如此落魄，实在太辛苦。

我穿过小区一路向前走，看到了为早点摊忙碌而脸蛋冻得红红的一对夫妇；看到了凌晨五点的街道上已经扫了半条街的清洁工阿姨；看到了路边的报刊亭正在打开窗口做准备工作的中年男子；看到了停在路边的出租车及里面的师傅，师傅正在数着零钱，看来刚刚拉了一单生意把客人送到目的地。

我忽然像被什么东西打醒了，那一瞬间我羞愧满面，自叹不如。

我以为五点钟起床去学车是一件天大的困难的事，但是在凌晨五点钟的北京，已经有那么多人站在自己的岗位上，无声无息、无怨无悔、理所当然地在付出、在努力，为了温饱，为了家人，为了自己的梦想。

光阴不等人，想做就趁早。抓得住的时间就是金子，抓不住的就是流水，一文不值。

你所谓的很忙，没有时间，回过头来看，你自己也不记得都忙了一些什么，而你逼自己一把，想做的事情现在做，不管忙不忙，最后你会发现，原来时间真的像海绵里的水，挤挤总是有的。

你没有成功，大多数情况是因为，你没有别人努力。

其实还有一件更让人感到恐慌的事情是，往往那些原本就比你优秀的人，比你还要努力。

真的，别再矫情地抱怨了，你所有的委屈不过都是因为能力配不上野心，而之所以会这样，是因为你还未做到全力以赴。

我不需要 Tiffany

来北京上大学之前，城市的生活离我真的好遥远。

我从小生活在山东的一个小县城，虽然也有"城"这个字，但和书上描写的那种高楼林立的城市，还差得远。

我在那个不起眼的小县城安安稳稳度过了愉快的童年，上了妈妈说的特别厉害的"鸡冠子幼儿园"。

"鸡冠子幼儿园"，其实是"机关幼儿园"，那时候我很抗拒上学，后来从妈妈嘴里听到这个名字，以为学校养了很多毛茸茸的小鸡，才答应去的。

后来上初中、高中，由于学校管理得很严格，再加上那会儿手机也不是很普遍，所以同学之间，几乎没有盲目攀比的风气，大家过得朴实又纯真，彼此之间相处很融洽。

来到北京后听身边朋友讨论自己孩子班级里的各种不良风气，孩子要苹果手机、苹果电脑，不买就会被瞧不起，穿着要名牌，就算学校要求统一穿校服，也一定要露个名牌衬衣领子出来侧面证明自己家境优渥。

听多了这样的讨论，我忽然意识到我的学生时代是多么单纯和幸福。

在那个年代，在我们略显贫困的小县城，大家并不认为炫富是一件多么有面儿的事。大多数人都不富裕，而且即便有钱，在小县城也买不到太好的东西，所以大家处于同一水平线上，少了金钱不平等带来的羡慕嫉妒恨，多了一些那个年代应该有的沁人肺腑的栀子花香。

所以来北京前我完全不知道的外面世界是什么样子的。

我不认得北京大马路上跑的那些汽车都是什么牌子，又有什么不同，人们穿的衣服除了款式不同我也看不出来有什么价钱上的差距，我甚至想象不出一个同学戴的项链的价格竟然可能是我一年学费的好几倍。

有一次和舍友们逛街，我们决定每人为自己买一件新衣服迎接即将到来的新生欢迎会。

我们八个女孩来自不同的八个省市，有两个女孩子家庭条件不错，其他人都是一般水平，其中有一两个舍友来自偏远的农村。

但大家都很好，互相之间没有偏见，也没有排挤，经常热热闹闹地一起上下课，一起跑出去吃小吃。

我一开始以为我们都是一样的，但那次逛街令我有了一种不同的感受。

我们首先进了一家女装专卖店，是类似以纯那样的女装连锁店。那个时候这家店还是很火的，但我真的从来没有听说过。

走到店口的时候，家庭条件好的小A说："啊，这家店啊，我知道，不过他家衣服比较偏淑女风，不适合我，你们倒是可以进去看看有没有喜欢的。"

于是我们一众人进去看，小B好像对这家的衣服很满意。

小B来自云南一个较偏远的山村，家庭条件并不好，那些漂亮的衣服她见都没见过。

于是我故意站在她的身前，帮她遮挡住导购员的视线，她飞快翻了一下吊牌看了一眼价钱，然后默不作声地把衣服重新挂回了衣架上。

我悄悄问："看好了吗？多少钱？"

她撇了撇嘴，小声和我说："居然要三百多元。"

三百多块钱是什么概念呢？

离我们学校最近的一处大型服装批发市场，冬天穿的毛衣只要50元，夏天穿的一条裙子可能二十元就可以买到。

我兴冲冲地去过一次，买回来一件毛衣穿了一个星期后，决定不再去那里买任何衣服。

为什么呢？

因为那件毛衣掉色严重还起球，并且有些缩水，洗过一次之后基本没法再穿了，我怨恨地看了好几眼晒干后变形的毛衣，狠狠心还是决定把它扔进垃圾筐。

也是那个时候，我明白了一个道理，一分价钱一分货。任何时候都不会出现那种好事——花最少的钱买最好的东西。一件东西的价值，还是会和它的标价成正比的。

我的家庭条件虽不富裕但也不算贫困，而且父母从小按照"女儿富养"的原则管够我吃穿。可以说我从小到大"衣食无忧"，至少我想要的东西只要合理，我爸妈都会买给我，别人有的东西，我也都不缺。

所以我对"好东西"和"不好的东西"还是有着清醒的认识，不会因贪图便宜而降低生活品质。我后来买衣服都喜欢去新街口，那里小品牌的专卖店比较多，质量比地摊货好，价格也不会像高档商场那么贵。

但小B的家庭条件比我差一点，她虽不喜欢地摊货，可她没有别的选择。

小A听到我和小B在说悄悄话，好奇地走过来问我们在讨论什么，小B给小A指了指那件衣服的吊牌。小A看了一眼，毫不在意地说还挺便宜的。

小B和我当场傻眼。

那次逛街回来，我就开始留意周围人的穿着、用品以及日常的花销情况了。

　　说实话以前我不认为大家有多大差距，都是高考考过来的，人也都不错，我想象不出还有什么标准，可以判定人和人之间的差距。

　　我开始注意到小 A 穿的衣服经常是大品牌，虽然那个时候我也不认得几个品牌，但是我还是能够看得出来料子很好，款式也很周正，最重要的是，脖子后面的衣领处都会有一个精致的衣标。

　　我曾有一次好奇地记下某个衣标的名字，打开电脑搜索，结果吓我一跳，那件衣服是那年冬天最新款的纯羊毛大衣，商场正品标价两千零二十八元。

　　我第一次深刻地意识到这个世界上确实是有富人和穷人的差距的。

　　自认为家境还可以的我当时最贵的衣服也不过五百元，我记得小 B 买过最贵的衣服是一条二百八十元的花格子裙子，这已经是她所能承受的最高限，而小 A，身上随便一件羊毛大衣，都要两千多元。

　　从那以后我就开始有意地去看一些时尚杂志，了解一些流行品牌，去网上看别人的分享帖，逐渐了解现在这个社会流行什么，大家都在讨论什么，买什么。

一个人在没有见到更大的世界之前，以为自己脚下的地方就是全部。那时候的我就是这样。

后来我慢慢留意，才发现原来女生的衣服、包包、鞋子、配饰都有很多讲究。有些东西，可能是我现在够不到的，可有些差距，可能我永远都无法缩减的。

在意识到这一点后，我开始明确自己的定位，要努力去追求更好的，可是不要盲目去攀比。

所以那个时候，我开始谨慎地购买衣物。

我不再去新街口的小店买便宜的衣服，而是把钱攒一个季度，去大商场买一次稍微贵点，但质量好、款式好的品牌货。

我也很清楚地知道，我喜欢它们，不是因为贵有面子，而是它们质量确实很好，穿上它们，我因此更加自信，也有动力去追求更好的生活。

谁不想过好日子呢？谁不想吃好穿好呢？

谁想一直穿着地摊货、挎着篮子去菜市场和卖菜大妈大声地讨价还价呢?

没有人愿意过这样的日子。

我毕业后认真工作、努力挣钱,每次买东西也尽量挑我能力范围内能买的最好的。

时间久了我发现我的生活质量在慢慢提高,幸福感也在一点点地增强。

我感谢爸妈对我的"富养教育",让我对金钱有了正确的认知,知道喜欢的东西要靠自己去争取,不会因为任何一点小恩小惠就被说服。钱是用来服务自己,让自己更好地去生活,而不是一种炫耀和与别人对赌的筹码。

之前听朋友说现在的小学生都开始在私下暗自较劲,衣服鞋子要买名牌,连家长接送的车辆也要比比谁家的更贵。

我只想说我能理解孩子们不想比别人差的心理,也心疼这些家长。

谁都不容易,只是这个社会变得太快。

但是,我们一定要明白一点,不是越贵就越好,买一件东西,不能把炫耀当作第一因素。

我喜欢买贵一点的衣服是因为它质量好款式好，而不是穿出去有面子，走起来有钱味。

有次遇见一个小姑娘和她妈妈在买衣服，小姑娘一直在强调要买那种 logo 很明显在外面的衣服对于她来说，已经成为一种炫耀手段，而不是生活用品。

还有一件事，我现在想起来都觉得挺不现实的，很想笑。

我一个好朋友的一个同事，那年的情人节，她的男朋友约她去了一个高档餐厅，拿出了一个超闪的鸽子蛋，跟她求婚。

她当然是喜极而泣，爱情终于要开花结果了，她也很想和他早点成立一个家庭。

我朋友说到这里，跟我用手比画说："你知道吗？那个戒指啊，上面的钻石，有这么大！"

我说："哇！真的是很大的鸽子蛋吗？看来你这个同事嫁了个有钱人啊！"

朋友看着我眨了眨眼睛，笑开了说："你别着急啊，你听我继续跟你说。"

原来这个鸽子蛋戒指是男生拿他所有的积蓄买的，大概值三十万元。

买的时候完全瞒着女生，就是为了给她一个惊喜。但实际情况是，求完婚后两个人就要开始筹划买房子结婚，男方为了买这个戒指把自己所有的积蓄都搭进去了。女生得知这件事后哭笑不得，本来两个人凑一凑还可以付得起首付，这下只能硬着头皮跟亲戚借钱了。

我也哭笑不得，我问朋友："这男人是不是蠢？再说，女人喜欢钻石喜欢求婚隆重点，也不能这么没脑子买个这么贵的戒指吧？他要是原本就有钱还好，关键是搭上了自己所有的钱啊！除了这个戒指，他一无所有了。"

我朋友说："谁说不是呢。你说戒指这么贵，要是万一哪天丢了，他还不得玩命啊！"

我俩在大街上笑得不行，觉得这样的男人简直是奇葩。

我想那个男生是真的爱那个女生，否则不会为了让她开心，花光自己所有的积蓄。可是他理解错了一件事，给她"最好的"当然令人感动，可这个"最好的"要在自己可以承受的范围之内的。

这个男人有点"少根筋"，傻得可爱，也多亏那个女生没有计较，咬咬牙收下了超闪的戒指，然后两个人开始节衣缩食并借钱付首付、还房贷。

我一直都很喜欢薛凯琪的那首《我不需要 Tiffany》，里面的歌词写道：谁说永恒要靠指环证明，你的女生要用时间珍惜。

一件东西或者一段感情的价值，不能单单靠钱去衡量。对于一件东西来说，合适你的才是最好的；对于一个人来说，知冷知热的另一半才是你需要的。

要记得，我们消费的目的是为了让自己活得舒服，而不是让别人觉得我们过得舒服。

不服输，就不会输

　　小时候，我有一个同学，是个特别招人厌的女孩，胖嘟嘟、脏兮兮的，当时班里所有的同学见了她都会躲着走。

　　我听认识她父母的爸妈说，她小时候肉肉的、白白的，可好看了，但是就在两三岁的时候，她姐姐抱着她在家门口的楼梯上站着放风，她哭哭啼啼的，她姐姐就摇啊摇，一不小心姐姐脚底打滑，手不自觉地将怀里抱着的她丢了出去，她就顺着楼梯向下翻滚，幸好最后一堆杂物拦住了她。

　　姐姐当时就傻了眼，而那时的她已经停止了哭闹。

　　于是从那时起，她就得了脑震荡，变得有点疯疯癫癫、痴痴傻傻，小时候大人们还觉得这丫头有意思，但渐渐大了，人们才觉得有点不对劲。

　　印象中自小学起我就和她在一个班读书，见到她的第一眼，竟然是害怕。

　　因为她会不明所以地冲你傻笑，笑容特别瘆人，让你不禁怀疑她看到了什么，或者你做了什么错事被她这样盯住不放。

　　上课的时候，她也经常做出"惊天动地"的大事。

　　由于没有女生愿意和她坐一起，所以老师把一个上课爱调皮捣蛋的男生分到她旁边，和她一起坐。

　　按理说和男生坐同桌的她应该会老实一些吧，然而，并不是。

　　上课的时候经常传来他俩的吵架声，一般最先哭着向老师告状的，是那个男生。

　　下课的时候两个人还会打架，男生揪着她的辫子不放，她则撕咬着男生的校服不松口。

　　她的存在刷新了我对女生彪悍的认识，也第一次见识到了女生有时候居然能把男生欺负哭。

　　整个小学时期，她留给我的印象都是彪悍、粗鲁、反常、神经，我避而远之，躲之不及。

从未想过我和她会有交集。有一年暑假，她居然主动来我家，说要和我玩耍。

我当时听到敲门声，从猫眼里看见她的时候差点都吓疯了。

她怎么会来？她想要干什么？

我妈和她爸当年在同一个学校进行教师培训，不同的是后来我妈进了单位，她爸留在学校当了教导主任。

我妈不止一次地在饭桌上向我打听："哎，那个你们班的xx怎么样？她虽然脑子有点问题，但是人还是很好的，你得多关心关心她，没事邀请她来咱们家玩啊！"

我每次都是边吃饭边嘴上答应，内心却想："鬼才要和她做朋友！"

但是今天，她居然主动来找我了！

我待在家里不出声，装作没人的样子，但是过了五分钟，她还在敲。真的，说她脑子傻还真的傻，没有人开门就是没有人在家啊，那就赶紧走啊！

在她敲了第十分钟的时候，我终于装不下去了，把睡衣穿上，把头发弄乱，装出一副刚刚睡醒的样子，闭着眼睛去开了门。

一开门，她就立马瘆人地笑："嘿嘿，我就知道你在家！"

我迷迷糊糊睁着眼说："啊,不好意思,刚才在睡觉。你怎么来啦？"

她说："你学习那么好，我想来向你学习啊，你看，我从家里拿了一本笔记本送你，还有一支钢笔！"

我说："哦，谢谢！"

气氛并没有我想得那么恐怖和尴尬。

她一直兴奋地絮絮叨叨，我则完全不冷不热地回应。

最后发现她一点要走的意思都没有，于是我问："你来是有什么事？"

她恍然大悟说："噢，对，是有事。"

她掏出语文课本，翻到某一页，用依旧有些脏兮兮的手指着一行字说："这段老师上课的时候讲的我没听懂,你能再和我说一下吗？我考试这里出错了。"

我差点一口水喷出来。

这都已经放暑假了，大姐，上学期的课程那么较真干吗呢？

说实话，过了大半个暑假的我，连书的影子都很久没看着了，整个人完全是懒散、不思进取的。但我还是强装镇定，接过她的课本，认真想了一下，给她讲了一遍。

于是就这样，一来一回的，她问了我十多个问题。都是提前在书本上标记好的，有蓝色的笔迹，也有红色的笔迹，虽然字迹凌乱但却有序，看得出，用心了。

其实那时候我在心底对她已经有一些小小的改观了。

一直以为她学习差、脑子有问题，但这也不是她希望的啊。如果不是幼年那次遭遇，她应该也是个干干净净的小姑娘，会和同龄人一样快乐地生活。

讲完语文，她又翻出了数学考卷，让我帮她分析错题。分析完后，她像看一个英雄一般注视着我，用力地拍手鼓掌，好像我做了什么了不起的事一样。

说实话，那一刻我有一些感动。

说不上来为什么，我竟然鼻头有点酸。有点同情她的身世和她在学校的处境，也有点气愤别人对她的看法。

明明是这么努力的一个姑娘！上天为什么这么对她？别人凭

什么像躲瘟神一样躲着她啊?

给她辅导完英语之后,她揉揉眼向窗外望了望,说:"我该走啦,我爸让我六点之前回家。"

我点点头说:"好,那你路上小心啊!"

她一直劝我不要送她:"你就待在家里吧,外面天热,别出来了,我下次有时间再来,和你做朋友真开心!"

然后依旧露出她那招牌似的"瘆人"的笑容。

只是这次,我忽然觉得她笑得不恐怖了,是那么可爱和天真。

下学期开学后,她在班里见到我会热情地和我打招呼,我也热情地回应她。我才不管周围同学惊诧的眼光,因为我觉得,他们压根不了解她。

我也试着和她说:"你回家让你爸爸好好给你洗洗手啊。"

她一个大鼻涕泡笑出来了,说好。

这些都是儿时的记忆了。

后来上了高中,她的成绩还是不太尽如人意,毕竟底子太差加上脑震荡后确实智商不如常人,就被她爸爸调回自己在乡镇任职的学校了,说这样可以更好地看着她,然后我和她就再也没见过了。

　　直到前年回家，从我妈口中才得知了一些她的消息。原来她现在已经是某个乡镇小学的语文老师了。

　　我听到这个消息，惊讶了五秒钟，完全无法把她和当年那个脑震荡的鼻涕泡妞画上等号。

　　她是后来有多努力地去学习语文？
　　她经历了怎样的艰难，才啃下了教师资格证，并且通过了面试鉴定合格？
　　她付出了比其他人多几倍的努力，才可以有今天这样和正常人一样的生活？

　　至今，我和她依旧没有联系，但我深深地祝福她。

　　天生的一些缺陷不可怕，后天的打击也不算什么，只要你善良、勤快、肯吃苦，只要你愿意相信这世界上有一些东西是你可以跳起来去够到的，那你的人生就充满了希望，你就会拥有改变命运的力量。

　　这是很长很好的一生，永远不要气馁和绝望。
　　要相信，生活总会给你第二次机会，叫作明天。

每个人，都有一段难熬的时光

做主播后经常被别人问"你的奋斗经历是什么"，或者"你有没有感觉生活艰辛的时候"。

说实话异于凡人的传奇奋斗经历还真没有，或者说自己那些工作经验还不足与外人道，但是每当看到这些问题，我倒是真的会想起记忆深处那段难熬的时光。

那个时候，我刚大学毕业，对未来很迷茫，根本不知道方向在哪里。

跟着同班同学一起跑了 N 多场招聘会，提前在学校的小卖部打印了几十份简历，小心翼翼地一份份装订好，放在书包里。面对一个个招聘摊位，礼貌谨慎地一一询问，仿佛自己是一件商品，简历就是说明书，不仅需要自我推销，还要接受别人的检阅。

犹记得那年夏天，有一天天气很闷热，我和几个同学在校门口的公交站等车，上了公交车一路抓着扶手，摇摇晃晃过了十站地才抵达招聘会现场。

出门前特意用发卡夹好的头发也不知何时被人群挤得完全凌乱，身上的白衬衫和短裙也散发出难闻的汗渍味，热出的油和汗更是直接花了脸上的妆。

在和招聘代表交流的时候我完全不敢抬头看他们的眼睛，怕被看出胆怯和青涩，那个时候特别想戴上墨镜装作一副成熟的大人模样。

那场招聘会让我明白了什么是残酷的竞争，会场里人山人海，把为数不多的招聘摊位围得水泄不通。你放不下身段、拉不下来脸皮就完全没有机会，没办法，只能收起往日的骄傲和自尊与人流一起不断向里面挤去。

忘记投出了多少份简历，只记得到了最后凡是可以投的职位全都投了一遍。

汗流浃背地走出会场，又急匆匆地找到同学集合，大家一起往公交站方向走。

那个时候学生公交卡乘车还是两毛钱，正当我心里隐隐得意的时候，发现周围有很多等人的私家车。

车外艳阳高照，而车内却凉气充足。有一辆车经过我身边时按了一下喇叭示意我离远一些，我下意识地躲开，瞄见了车内的男司机以及旁边坐着的年轻漂亮的女孩。

其实我是一个很敏感的女生。

刚刚擦身而过的这辆车和刺耳的鸣笛深深地刺痛了我。

我那时候想，为什么有的人生下来就可以有司机接送、大夏天有冷气吹着，而我要在烈日当头下走几百米远去找公交站坐车，冒着中暑的危险，搞得自己身心疲惫。

然而那一刻我也决定：我一定要努力，为了以后可以大夏天坐在吹着冷气的车里。

等待消息的日子是快乐又痛苦的。

每天没心没肺地和同学们打闹，但是在笑过之后又隐隐担心自己的前途。

那个时候已经有同学确定要出国，有的已经确定考研，剩下我们这些既不出国又不准备考研的人拼命找工作，忐忑不安又着急不已地拼命将自己推向社会。

那时的自己会想很多。

有的时候走在大马路上抬头看街边的楼房，一盏盏的灯光亮起，拼起来像漫天的繁星，放眼望去这么多的灯光却没有一盏是为我而等候，瞬时眼前起了雾，而点点灯光在朦胧中显得既温暖又遥远。

有时候也会趴在天桥上向下看，尤其是在傍晚下班时刻，一辆辆车塞满道路，车尾灯亮起缓缓向前，像一条河。那个时候好像也没有想什么，就这样无限地放空却也觉得很爽快。

抬头看满天繁星，低头看车水马龙。闭上眼睛，思考过去、现在和未来，没有答案。

离校的日子越来越近，虽然为了这一天一早就在准备了，可是真等它到来的时候发现自己还是手足无措。

搬到哪儿？怎么搬？以后怎么办？所有的问题都没有答案。

找房子找得心累，不知道碰壁多少次后好不容易谈好了一个地方，就在下楼去取钱的时候，房东打来电话说不能租了。

我又一次感受到了这个世界的冰冷和恶意，我一遍遍地问朋友他为什么不租了，朋友也无奈地摇摇头，眼睛里尽是绝望。

我终于忍不住，压抑了好几天的委屈全都用哭的方式发泄了出来。我想不明白这一切，只觉得胸口闷闷的好难受。

过往的车辆依旧川流不息，路人稀稀落落地经过，纷纷投来惊讶和说不清楚的眼光。

过了很久，我才擦擦眼泪咬牙切齿地跟朋友说："咱们走，去看下一个。"

没办法，这不是我硬气，而是现实摆在眼前，逼着我不得不去面对。

前前后后不知道跑了多少地方，不知道说了多少好话，不知道劝自己忍了多少次，不知道流了多少泪，最终房子找好了，工作也有了一点眉目。

搬家那晚，我联系了一个私家车的师傅帮忙把东西从学校运到租房处。

进铁门的时候，由于东西摞得太高，"哗"的一声不小心全落在地上，发出很大声响。

　　旁边的屋了里立马传来一个老太太的声音："烦死了，还要不要人睡觉了？"

　　我不断地说着抱歉，然后蹲下身默默捡东西，眼泪又一次夺眶而出。

　　当时还有搬家师傅在旁边，我不想让他看到自己的脆弱，但是眼泪还是忍不住地往下掉。最后师傅看不下去便蹲下来帮我一起捡。而我连看他的勇气都没有，我实在太害怕看见他同情的目光。

　　算一算毕业后我流了好多泪，记不清具体原因了，只是每一次都会在心底默默感叹一句：是否成人世界背后总有残缺？

　　是啊，毕业后就是要像个勇士一般一个人战斗了，这个世界远没有童话故事里那般美好，充满了黑暗与险恶，在这个没有硝烟的战场上，你要时刻提防从暗处射过来的冷箭，更要随时做好遭受委屈和误解的准备。

　　大人的世界没有对错，你不能再像个孩子一样幼稚地去纠结正确答案到底是什么。

因为所有的事情都没有答案，更可怕的是你要自己去领悟其中的奥义，偶尔会成功，但更多的是失败。

所以你要坚强、勇敢、善良、执着，拿一颗坚硬无比、晶莹剔透的心去对抗这个冷酷无情又美好无比的世界。

而玲珑心修炼的过程，会伴随眼泪和汗水。

没有人能随随便便成功。

那些看起来活得很轻松的人，必定是经历了一段不为人知的艰辛日子。有些人不愿意说不代表他们没有经历过。

每个人都必定有一段人生中难熬的时光。没人在乎你曾在深夜痛哭，别人就算感同身受也只是一瞬间的事情。所以抱一抱自己，给自己力量，带着勇敢上路。

希望不灭，梦想不熄，生命不止。

你不努力，岁月什么都不会给你

01

最近炎夏，全国高温。

尤其是包邮地区的气温一直居高不下，身处上海的朋友阿优叫苦不迭。

她在微信上跟我抱怨："这是什么鬼天气？老娘不上班了！"

我以为她只是单纯地跟我抱怨一下天气，谁知我下午便收到她的一条微信——"最近有什么好看的电视剧？快给我介绍介绍"。

点开朋友圈看她的状态，才发现，原来她今天真的没有去上班，此刻正在家里吃着冰棒、吹着空调、看着电影。

我问她："你怎么说不去就不去啦？"

她说："太热了，公司的空调也不给力，今天我就给自己放个假，歇一歇吧。快告诉我有什么好看的电视剧！"

阿优这种说不去上班就不去的行为不止一次了。

早上起晚了、来大姨妈了、昨晚看剧熬夜了、肚子有点不舒服等等，都可以成为她不想去上班的理由，一次两次还能理解，但次数多了，我就忍不住说她："能稍微克服一下的，咱还是去吧，不然工资不要啦？"

她狡黠地发来一个笑的表情，然后回我："放心吧，最近领导出差，我让同事帮我打卡，不会扣钱的。"

她这么回答，我也只好两手一摊，乖乖闭嘴，毕竟人家没耽误挣钱啊，我还能说什么呢？

02

记得初中的时候，有一次，我和几个同学随着学校的老师一起去市里参加演讲比赛。

到了那边分房间，我和另外两个同学一起住。吃完晚饭后自由活动，其他两个伙伴对酒店的游泳池很感兴趣，邀我一起去看看，我一心只想着比赛，根本无暇做其他事情，所以委婉地拒绝了，表示想在屋里再看一遍准备的材料。

她们笑我："没事啦，放心，稿子我们都背熟了的，不会有问题的。"但是我还是不愿意，她们也没有坚持，于是就去楼顶的露台玩了。我则留在房间里，又温习了一遍稿子，还看了一遍比赛流程。

第二天依旧自由活动。

到了晚饭的时候，我忽然想起昨晚看流程的时候，发现有一个环节和当初老师跟我们讲的不一样。

于是我指着流程表上"自由发挥环节"，问带队老师是什么意思。

老师也挠挠头说不清楚，于是找来主办方的一个工作人员问，他回答说可能会有现场指定题目自由发挥的环节。至于什么题目他也不清楚，到时候只能听评审出题。

带队老师安慰我："放心，要难大家都难，不要太担心了。"

我还是有点不放心，于是当天晚上躺在床上一直想这件事，把所有出题的可能性都想到了，很晚很晚才昏昏沉沉睡去。

结果第二天我担心的事情还是发生了。评审临时出题，每人根据所出题目进行演讲，考验的是基本功和临场发挥能力。

团队里的参赛同学几乎全军覆没。

一是大家都没有重视这个环节，二是时间有限，语言组织得很仓促，讲话过于慌乱又无头绪。

我的演讲题目是"说说垃圾分类的必要性"。

我倒吸了一口凉气。昨晚睡觉前设想过无数种可能，当时这个题目也略微考虑了一下，虽然并没有准备太多，但至少脑中有思路。

我稳了稳心绪，言简意赅地进行了发言。

我讲完后，看见评审脸上露出了笑容，我知道，刚才自己说得还可以。

后来公布名次，我是我们团队的第一名，总比赛的第三名。上台领奖的时候，那个评审阿姨给我颁发证书。

她笑着对我说："小姑娘，我记得你，就是刚才讲话很有头绪也不慌张的那个嘛，大方自然，不错，以后继续加油！"

我大概知道为什么我的成绩会那么高了。

大方得体、心里有底，眼神里透出的自信和淡定，足够多的素材准备，再加上语言表达流畅，这一切都让人觉得舒服自然，和之前毫无准备的参赛者相比有很大的区别。

03

又想起一件事。大学的某个暑假，当时正值招生季，我和几个同学去旁边的附中帮忙，我被安排在一个办公室负责接听电话和制作报名表格。

那个表格很长，要输入的内容很多，我只能一个一个地输入，检查了好几遍，生怕哪里弄错了，耽误人家孩子的报名，影响人家的前途。

其他办公室的同学们也做着同样的工作。

其间，一个同学来"串门"看我，看我在那儿认认真真做表格，他悄悄跟我说："我发现了一个偷懒的好方法，你把那个现成的人名表先粘贴过来，然后直接输后面的信息就好了，这样不就省了输入人名的时间？"

我恍然大悟。

他走后，我正准备按他的法子来，但是又一想，这样能保证信息正确吗？万一有增减名单又没有看出来的话，不就容易出错吗？

最终我还是坚持了我的笨方法，弄了三四个小时才做好上交。

而那个同学两个小时就弄好交给老师了，然后提前去吃午饭了。

等到下午再去的时候，负责我们的老师冲我们发脾气了。

原来那个"聪明"的同学真的出错了，之前那个人名表中有很多是取消报名的，而之所以把我们叫过去，为的就是重新做一份正确的表格。

那个同学只顾着节省时间以便早点吃饭，结果两个小时的努力白费了不说，还受到老师严厉的批评。

04

我一直都相信天道酬勤。

有些事情，你以为你要小聪明省了力气解决好了，但未必是正确的、有效的。

有时候我们就是被自己的"小聪明"给害了。

我那个朋友阿优今天跟我抱怨说领导出差回来了，查打卡记录，发现有同事和她经常是同一时间打卡，遂调监控查看，发现那天办公室并没有阿优的身影，于是领导大怒，要扣除她这个月的奖金。

她郁闷地问我："怎么办？"

我说："还能怎么办？你当初想要舒服的时候，就该想到这些后果。"

杨幂有一次在访谈中说过一段话，直到现在都是激励我的座右铭。当时有一个演员抱怨夏天演戏很热，杨幂听到了就不冷不热地说："怕热就不要出来挣钱啊，回家吹空调多舒服。"

这句话很简单，道理却很深刻：吃苦与坚持才能造就成功。

这世上没有钱多事少、离家近的工作，也没有天上掉馅饼的好事。

所有的成功与美好都需要你自己去争取，只有付出过，才能有收获。

这世上，任何你想去的地方，都没有捷径。

Part 02

取悦自己，才是终身浪漫的开始

　　其实你很好，你自己却不知道。无须总是战战兢兢迎合别人，学着取悦自己，才是你对这个世界最重要的使命。做自己喜欢的事，爱自己喜欢的人，你有权利按照自己喜欢的方式过一生。

同学聚会上，那些我们艰难刻意维系的友情

前几年热映的电影《那些年，我们一起追过的女孩》，不仅让校园爱情火了一把，同时也唤醒了我们对"那些年我们一起上学的伙伴"深深的怀念，掀起了一波"同学聚会"的小高潮。

那年刚刚过完元旦，我便被几位"老同学"拉进了一个微信群。还没等我反应过来，我的手机已经被群消息刷屏。

"哟,虎子,你最近在哪儿高就啊? 发财了不能忘了我们这些人啊! "

"哎哟, 大美女, 这些年我可想死你啦, 你结婚了吗? 你看咱俩还有戏不? "

……

大家在群里热络地聊着，平时有联系的、没联系的，能想起来的、想不起来的同学不断发送着信息，看得我眼花缭乱。

说实话，看着群成员里大家的微信头像和名字，我能回忆起来的不超过五个人，其他人，我是真的一点印象都没有了。

我这种"忘本"，一方面是由于我上学时性格孤僻，不怎么和大家来往，所以熟悉的朋友也就几个；另一方面是由于小学、初中都分了好几次班，到了高中甚至一年一换班，并且每年都有同学转进转出，人员变动太大，一个班里七八十人，我也就没有那么认真地去记每一位同学的名字和他们的脸。

我虽然只是在屏幕一端围观热闹群聊，但仍旧感觉到了莫名的尴尬。

首先我没有办法拒绝邀请我入群的同学的好意。再次，我也没有办法和群里大多数人一样那么熟络地可以叫出每个人的名字，回忆起一件件大家上学时的趣事。

正在我不知道该不该发条消息问大家好的时候，有人提议过年期间大家聚一聚，老同学见个面。

这个倡议一发出就有好多人纷纷附和，大家都很兴奋，甚至已经开始聊起饭桌上玩什么游戏，吃完饭去哪里消遣了。

我更加尴尬了。

说实话我不是很想参加，但是又怕被人冷嘲热讽"哎哟，怎么还看不起老同学了"，所以当班长统计参会人数，问到我要不要来的时候，我还是硬着头皮答应了。

到了聚会那天，我按时来到约好的饭店，一推开包间的门就能感受到一股强大的气场，压得我喘不过来气。大家纷纷看向门口的我，我立马笑着跟大家打招呼，免不了一通自我介绍以及和同学们的嬉笑打闹。

大家全部到齐就座、菜上齐后，我就乖乖坐在一角，安静地吃着自己面前的菜。

这个时候，有几个同学开始闲聊起来，而且聊得越来越没边，从一开始自己毕业后的就业聊到结婚生子，再聊到现在的工作成就和买房买车，你过得好，我也不差，一种莫名的优越感的比拼使得空气中弥漫着硝烟的味道。

我料到可能会有这样的场面，只是笑笑，继续安静地吃饭，并未认真听他们的聊天。

忽然旁边的人戳了戳我，暗示我有人在跟我说话。

我立马看过去，发现有个我记不清名字的老同学正在冲我讲话，我不好意思地让他再重复一遍。

然后就听到他说："听说你在北京混得不错啊，我有的时候会去北京出差，到时候去找你啊！你手机号多少？"

我笑着说："好啊，好啊！"然后跟他说了手机号。

这时候另外几个人也纷纷拿出手机记下了我的号码，然后回拨，我也礼貌地存储了他们的号码。联系人命名的时候我迟疑了，有的人我确实想不起来叫什么了，但是当面问人家又不太好，只能硬着头皮保存成"老同学 1""老同学 2""老同学 3"……

整场聚会下来，虽然班长很努力地组织大家一起玩，但我还是能感觉到无形的隔阂。

大家已经毕业了很多年，在毕业后的这些年里，有的人留在老家安稳度日，有的人在外漂泊闯荡，有的人已经结婚生子，有的至今孑然一人。

有的人过得很实在，聊的都是县城里哪家饭店酒水便宜、哪个

菜市场卖的菜新鲜;而有的人则不断感叹外面的世界有多么精彩,
去年跟老板去了一趟国外开了很大的眼界。

一些人只能看到眼前的苟且,但还有一些人心里是满满的诗和远方。

而我虽然也很想和他们分享我的故事,但是话刚到嘴边就咽下
去了。因为我知道如果我聊起自媒体的发展,估计也没有几个人感
兴趣,不会有在北京约个同行,大家一边喝酒一边畅聊这个行业的
发展那种不言而喻的默契和畅快。

是,我是可以和他们聊一聊菜价,可是这些话题我真的不感兴趣。

并非我已经超脱成不食人间烟火的小仙女,而是我不觉得讨论
这些有什么意义,为何还要浪费时间?

同学聚会是想加深大家的感情,我可以勉强去聊一个自己不感
兴趣的话题,但是我不会快乐。

不可否认,大家一起上学的时光是美好而不可复制的,它见证
了我们青涩和懵懂的青春,记录着每个人最真实的模样。参与那段
时光的每个人,都是彼此最珍贵的见证者。

但我更加怀念的是那段时光和时光里的自己。至于当时在场的

每个人，我觉得并非有一一找回重新联络的必要性。

其实，毕业后大家并非完全失去联络，想联络的人总会有交集。

毕业后，相信每个人依旧会有三两个或者更多保持联系的老同学。当然同时，另外一些人也就完全失去了联系。

我们在成长的路上，会交到很多朋友。有的人会因为某件事情和你并肩走了一程就逐渐远去，而有的人则会一直相伴左右。

我们不能强求每个人都必须留在我们身边，不能因为我们曾经有过同窗的情谊就必须要做好朋友，这是不公平也是不现实的。

交朋友要靠缘分，并非要因为一起参与过某件事情，而盖章为"你们一定要成为常联络的朋友"。

上学时就不怎么熟络的人，毕业后单靠同学聚会很难使两个人的友情达到质的飞跃。

这个道理我早就明白，但是在面对同学邀约参加聚会的时候，我还是不懂得该如何拒绝。

那次聚会后接到过两个老同学的电话，其中一个是吃完午饭正无聊，在小店门口吸烟晒太阳，顺便想起来那天的聚会，于是便给我打了电话。我们完全不知道要聊什么，沉默着尴尬了一会儿，就彼此识趣地挂断了电话。

还有一次，是一个老同学打来的。他说他妹妹要来北京上补习班，他来送她，问我有没有空出来见一面。

虽然那个时候我工作忙，而且他所在的位置离我很远，但我不想驳了"老同学"的面子，就答应下来。

那天，我们去了附近一家馆子吃饭，他目前在新疆一个工地上工作，工作很累但赚的钱很多，每天吃住都在工地上。他兴致勃勃地跟我说等他攒够钱就准备回老家找工作娶媳妇。

我说："很好啊，现在累一点为了以后过得好些。"

他点点头，说："是这个理，北京有什么好的工作吗？你帮我推荐一下，或许我在这里挣得能比家里多。"

我语塞，一时不知道该怎么接才好。

我说："抱歉，我还真的不认识多少牛人和有钱人，有的岗位需要工作经验，也不是靠关系就能进的，你也知道，北京不好混。"

我竭尽全力地表达出一种虽然我也很想帮忙，但我确实也无能为力的抱歉感,怕他认为我不肯帮忙,怕他觉得我这个老同学"冷冰冰"的。

后来我们再也没见过,听说他在外面干了几年后就回了老家,托关系找了份安稳工作,然后结婚生子了,小日子过得还不错。

这些年来,我一直不喜欢参加同学聚会,原因也在此。

我始终觉得,能成为朋友、气场和心意相合的人,不用刻意联络也从未远离,而那些本来就没有什么交集、早已失去联系的"老同学",即使再见面,也终究会因为毕业这些年来经历、感悟、眼界和人生追求的不同而丧失共同语言。

两个人之间的互动全靠硬撑,点头之交而已,却拼命解释成"多年的老同学,一辈子的事",彼此都累。

我反感靠"情怀"绑架的同学聚会,却对那些记忆深刻的人和事,有一种不一样的怀念和感动。

去年有个老同学联络我,就带给我满满的惊喜和开心。

那个女生是在班级同学 QQ 群里找到我并加了我为好友的,在发来验证的时候备注的是"我是 xx,你还记得我吗"。

记得,我当然记得。

印象中她是一个微胖、皮肤白皙的可爱女生。我们初二同班，记得那个时候她学习很刻苦，但是成绩一直不太理想，不出众倒也不会倒数，有点像那种无人关注的丑小鸭，默默无闻。

她和我同姓，所以我一开学就记住了这个女生。

或许是我天生的正义感，每次听到周围男生嘲笑她胖、脑袋笨的时候，我都会毫不留情地帮她回嘴："你们还是自己学好了，再来说别人吧！"

偶尔也见过她同桌的男孩故意为难她，不起身让出位置来让微胖的她顺利回到自己的位置。我帮她理论，觉得不应该这么为难别人，让别人出糗。

她除了身材肥胖、学习成绩一般之外，性格真的很好，而且真诚善良，所以我也很乐意和她做朋友。

高中毕业后她考去了省内一所大学，而我来了北京。那个年代手机还不普及，我就给她留了我家的座机号码，后来也没有接到她的电话。又过了几年，家里的座机也拆掉了。

我们就这样失去了联系，散落在天涯。

但我后来也并没有刻意去找她，我总觉得，不管有没有彼此的陪伴，只要大家现在都过得幸福就好了，该见的人总会见到，该回来的人总会回来。

那天我登录 QQ 后就看到了她申请加好友的信息，我立马点了通过，然后毕业后第一次和她取得了联系。

令我惊讶的是，她告诉我她现在在北京读研究生，而且学校就在我母校附近，我俩的位置离得很近。

她说她也是最近刚稳定下来，然后就想办法打听我的下落找到了我。我很兴奋，立马约了当天晚上和她见面，她也很痛快地答应了。

虽然离上一次见面已经过去了十多年，但是那晚在咖啡屋见到她的第一眼，我就知道，那就是她，一点都没有变。她见到我依旧是一个热情的熊抱，然后发出我记忆里她最爽朗的笑声，说："你也没变嘛，还是那么漂亮。"

坐下后，我问她这些年过得好不好。

她就和我一一讲述了她这些年的求学经历以及家里的变故，说实话她真的不是一个被上天眷宠的孩子，或者说她的运气并不好。

她不像其他人那么聪明，也没有姣好的容貌和身材，家境一般，周遭的种种都可能让她觉得生活压力很大，未来很渺茫。

但她偏偏很开朗，不认输不认命，没有任何关系也没有走后门，完全是通过自己的努力，一步步、一点点地拼命往上爬。直到和我坐在北京的这家咖啡馆，笑着说起这些年自己所经历的事情，那么沉重的过往却被她形容得云淡风轻。

我佩服她这种韧性，不由得更加欣赏和喜欢她。

她讲完自己的经历后，立马一副小粉丝模样，各种感谢我："你知道吗，上学的时候啊，我经常有不会做的题，你都给我讲解，别人都懒得理我，就你愿意帮我，我当时真的特别感谢你。"

我没想到她会说这样的话，"啊？有吗？当时我给你讲题了吗？"

"讲了讲了，"她拼命地点头肯定，"真的特别谢谢你，我觉得我能有今天，你真的帮了我很大的忙。"

我脑海中忽然浮现出当时我们一起上学的画面。

我想起来了，都想起来了。

那段时光里的她和我，是那样单纯无邪、青涩美好，我们见证了彼此最可爱的模样，一起走过最美好的年少时光。

那晚我们聊了很多，从上学的日子聊到现在的学业和工作，又聊到以后的理想。

哪怕十多年未见，但因为是存在于彼此脑海中的人，是彼此生命里熠熠生辉的人，所以一些话不必说就能懂，一些事情不用讲就能明白。

青春真好，回忆真好，老同学真好，这份友谊真好。

好的友情，不必刻意费心联络也会稳稳地待在你人生的某个角落。而有一些人，就算是费尽心机、做足了充分的准备去安排和见面，最终也无疾而终。

我们不必参加太多的"情怀"同学聚会，常联络的朋友有那么几个就够了。当然如果你喜欢交朋友，多去参加几场同学聚会也无妨，只是对于我这种从小不喜欢人多热闹的场合或者比较在意时间效率的人，这种无效社交对我来说，只会觉得心累。

愿你我都能有真心人陪伴，少一些客套和假面，让更多的感动和真诚点缀在彼此不长不短的人生里。

从来都没有"可不可以"，只有"愿不愿意"

最近有个学妹来找我做调查问卷，我痛快地答应了，然后发邮件回寄给她。

她回我邮件说："谢谢学姐！学姐人真好，我去找了那个 xx 师兄，他说他最近在出差没时间做这个，可是我还挺想邀请他参与小调查的，您能联系到他吗？"

我回复说："xx 师兄啊，我最近和他也没什么联系，我帮你问问吧！"

然后在微信里翻出来那个 xx 同学的联系方式，发了微信问他最近在干什么。

令我出乎意料的是立马就收到了他的回复："还跟以前一样，

瞎忙。"

我说："有个学妹说是发邮件找你要做调查问卷，你收到邮件了吗？"

他说："哦，前几天收到了一封，我也没细看，也没理会。我不是很喜欢做这种的，你知道……而且她这种调查应该找其他人都可以吧，不是非我不可。"

我了解xx的性格，他不喜欢做的事情就是不喜欢，说再多也没用，于是便说："好的，我知道啦，没事，不用勉强。"

寒暄了几句之后我们就结束了对话，我回学妹邮件说："xx师兄正在外地出差，时间紧，不方便接受调查，要不你再看看其他人。"

隔天收到学妹的邮件回复："好的，谢谢学姐，告诉xx师兄要多注意休息，不要太累。工作后是不是真的压力就特别大呀，我突然有点害怕毕业了……"

我在电脑前看着学妹的回复，扑哧笑出声来，觉得她真的很可爱，很善良，也很天真。她当然没有听出我的言外之意，xx师兄所谓的工作忙、时间紧，仅仅只是不想接受调查的借口而已。

做这件事需要多长时间？几分钟而已。

这不是可不可以的问题，而是人家愿不愿意的事情。

但学妹还不曾想到这一层。

她替 xx 师兄担心的语气，我觉得既欣慰又难过。

然后我想起来，有一年一个老家的朋友来北京找我，说假期要来这边上一个辅导班，问我知不知道在哪儿租房子比较便宜。

我问他时间这么紧了，怎么还没有定好住的地方？

他不好意思地说，其实之前跟一个北京的朋友联系过了，说好了可以住他家，但是临要来前几天，朋友忽然说不能让他住了，因为要出去旅行，家里没人。

我给他推荐了几家旅馆，他自己打电话去联系了。

过了很多天，再见到我这位老家的朋友，是他要离开北京的时候。他说想请我吃顿饭，我欣然前往。

我们聊天时提起了一开始他来北京租房子那件事，他一拍大腿，咬牙切齿地说："什么呀，说好了留宿我的那个朋友，我看他也没出去旅行嘛，发朋友圈还是在家的状态，其实我心里都明白，就是不想让我过去住了，但你可以跟我说是不是，干吗非要找个借口呢？"

我笑着说："人家变卦了，要是直接跟你说'我不想让你来我家住了'，岂不是很尴尬？"

他说："也是，我和他其实也不是很熟，是我一个亲戚和他认识，说来北京可以找他问问能不能住他家省点钱，但人家也有自己的生活，我也不是很好意思打扰别人。"

我很开心他能有这样的觉悟。

他接着说："但是，说白了吧，这事，还是情分没到那个份儿上。真要是特别铁的关系，人家没准就让住了，我这非亲非故的，住过去还耽误人家的事，人家确实也有理由拒绝。要说住吧，肯定能住，但这都是别人乐意不乐意的事了，你管不了。"

是啊，有的时候就是这样。别人帮你是情分，不帮是本分。

但是说到底，没有什么事情是不能做到的，完全看乐不乐意做，想不想去做了。

这个道理在爱情里体现得更加深刻。

我的校友小 A，和我一起毕业。她男朋友是南方的，毕业后男方家人极力要他回家工作。而小 A 是北方人，她不喜欢南方的气候，也吃不惯南方的食物，她想留在北京，和男朋友一起发展。

于是两个人产生了矛盾。

男生并没有太多主见，只知道家里人闹得不行了，非要他回家去。而小 A 表示大家可以一起留在北京，趁年轻还可以拼几年。

小 A 为了劝他男朋友什么法子都用尽了，但最终他还是选择了听从家人的安排，回老家进了一个亲戚给安排的企业上班。

小 A 失望极了，她那几天每天看着跟男朋友的合影不吃饭不睡觉，以泪洗面。

她打电话问我："为什么阿莱的男朋友肯为了她去阿莱的家乡工作，而我男朋友连和我一起留在北京都不肯？"

我说你要明白，人和人是不一样的。性格不一样，想法不一样，爱的程度不一样，做事方式也不一样。男朋友不肯为了你留在北京，那你有没有想过你还不肯去南方呢？

或许是你俩爱得不够深，或许是大家都太自我，也或许是真的不合适，缘分就只能到这里了。

总之，两个人如果真的想要在一起，没有什么可以阻挡这份心意。

若真的想守在一起，哪怕相隔千山万水也会披星戴月地赶去找你，跨过人山人海，为你赴汤蹈火在所不辞。

但若没有这份在一起的心意，哪怕你站在他身旁，也像隔着银河。

从来都没有"可不可以"，只有"愿不愿意"。

他不愿意为你留下来，正如你不愿意随他去远方。不要怪任何人，怪就怪时间，让你没有在正确的时间遇到合适的人。

但也千万不要去埋怨时光，正因为你经历过这么多的人情世故，才会懂得如何去爱，才会明白什么叫作珍惜。

这正是成长的阵痛，也是人生的奥义。

一件事情再难，也总是有解决办法。

一句话再难讲出口，也始终可以清清楚楚说出来。

一个人再冷酷，也有颗温暖暖跳动的心脏。

所有的人或者事都是这样，没有"可不可以"的猜测，只有"愿不愿意"的态度。

所有让你碰壁的事情，希望你能明白，不是事情做不到，只是别人不愿意做。

　　而那些在你身边温暖你的人，那些很顺利就成功了的事情，所有那些让你觉得顺畅舒心的岁月，也希望你能懂，定有人在暗地里为了你的这份"顺遂"，默默付出，希望你好好珍惜，不要辜负。

孤独源于渴望得到关心，又不想被过分打扰

我的后台经常会收到此类听众的留言："啊，萱草姐，我好孤独啊！我没有真正的朋友，想说话的时候不知道向谁倾诉。"

或者是："试着交往了几个朋友，但是有时候感觉他们说的话和提的建议自己不认可，又不敢不照做，怕失去这段友谊，你说该如何是好呢？"

看完留言我也很感同身受，确实是这样啊！

平时没心没肺的我，在某一些特定时刻，还是会猛地觉得被世界抛弃了，被浓重的孤独感包裹。

说起来我的朋友不算少。

同住一个家属楼、彼此陪伴共同长大的发小，一起排队放学回家、

互相扯着红领巾打架的小学同学，一起逃课去校门口的小卖部看《流星花园》、吐槽隔壁班那个凤梨头男生的初中校友，课间约着一起去围观校草、八卦哪个女生今天又被某男生表白了的高中同窗，逃出象牙塔一起放肆嗨皮、勇斗楼管大妈的大学舍友，以及现在工作后每日笑脸盈盈以待却猜不透人心的众多同事，都算得上朋友。

人生已经过了二十余载，这一路走来，打过照面的、说得上话的、至今还有联系的，翻翻手机通讯录，还真的不少。

但即使这样，为什么有时候还是会感到寂寞呢?

这么想来，可能我的朋友也不算多。

真正能在你深夜喝醉、一个电话叫过来陪你的人，或者自己遭遇了失败，可以在他面前尽情流泪、毫不介意让他看到你溃不成军的样子的那个人，算一算，好像也没几个。

更多的时候，我们都选择了沉默，把这万象世界一股脑全装进了自己的心里，是好是坏，是晴空万里还是倾盆大雨，都是一个人的天气，与他人无关。

有时候，要维系一份看起来很美好的友情真的很难。

大学刚毕业，进了一家公司实习。

报到第一天我就被不安和局促的情绪所控制，做什么事情都小心翼翼，说任何的话都轻声细语。

到了中午，有一群人结队去吃饭，有一个同事过来问我要不要一起去。我说好啊，心想或许这样可以尽快融入他们的小圈子。

然后中午吃的并非我喜欢的菜式，一连几天均是如此，一周下来我实在有些消受不起了。

那家餐馆是高档西餐厅，菜价昂贵不说，菜量还很少，我根本吃不饱，刚刚实习没有多少薪水的我实在是撑不下去了。

思来想去，第二个星期，当他们再次邀请我一起去吃午饭的时候，我断然拒绝了。

有几个人用复杂的眼光看着我，我只是笑笑没有解释。

等他们走后，我拿出装好菜的饭盒，用微波炉热了一下，然后一个人在偌大的办公室里，默默吃光了。

那天我竟然吃得格外香，内心也是难得的舒畅。

虽然此情此景显得自己是那样孤单和落寞，但奇怪的是我内心

×

086

却是满满的快乐和满足。

　　我终于不用附和别人，不用吃饭的时候帮别人拿餐纸，不用照顾每一个人的用餐进度，不用再逼自己说一些冷笑话调节气氛。我不用看任何人的脸色，也不用管今天的菜式合不合胃口。

　　我们总是这样，既想得到别人的关心，又想在某些时候不被过分打扰，反复纠结，对人情看得也就淡薄了，自己以往纠结的那些事情，也就看开了。

　　如人饮水，冷暖自知。

　　"关心"一旦过度就成了"打扰"。

　　所有人都把握不好这个度，所有人都在两者之间游离，影响着他人。

　　忽然就明白了为什么那么多人喜欢孤单和寂寞的感觉。在他们的世界里，只有自己，完全听不到外界的喧嚣。

　　没有别人关心的询问，自然也没有来自外界的打扰。就好像一人一禅，一花一世界。这何尝不是一种豁达和解脱。

　　愿你能爱上寂寞，愿你不再抱怨孤单。

有时候我们关心别人，要用尽全部力气

直到现在我还认为，维持人际关系是一件很累的事情。

或许因为是处女座的原因，我的性格中有太多"拧巴"的因素。

自己很想和别人热络，但又不想和别人走得太近以免"侵犯"到自己的小领空；一方面很希望得到别人的关怀，另一方面却又不擅长关心别人。

有时候，我觉得自己很好笑，简直像茅坑里的一块石头 ——又臭又硬。

我说不来一些客套话。

小时候逢年过节，我妈妈就会领我去串亲戚。小县城嘛，大家的活动范围都不大，尤其是去乡下老家的时候，路上难免会遇到各种各样的亲戚。

这时候，我妈总是热情地招呼着，"哎呀，嫂子好久不见啊"或者"大娘，您最近身体还好吗"之类的，而我总是抿着嘴、捏着衣角局促地躲在妈妈身后，巴不得大家不要注意到我。

但是每一次我都会被妈妈揪出来，迎着众人好奇又关切的目光，我怯怯地抬起头，应一声"大家好"。

"哎呀，好好好！"众人脸上都乐开了花。

再然后就是人家问一句，我答一句，依旧局促不安。

每次身陷这种场景的时候，总觉得是种煎熬，目光不停地扫着脚下，心想如果真的可以像小说中说的"挖个地洞钻进去"就好了。

每次见完亲戚，妈妈多少都会数落我几句："你害羞什么啊，在场都是你的长辈，原本应该是你多跟他们聊聊天的，一些客套话还是要会说的，都大闺女了，这点眼力见儿的事都办不来。"

我点点头表示会努力，但是下一次，依旧局促不安。

正因如此，我从小也不爱吃大桌饭。如果我只负责吃还好，但是爸妈往往会给我使眼色，让我帮忙端茶沏水、菜没上齐便跑腿去叫服务员、智商要随时在线、记住所有在场人的称谓、知道怎么得体应对大人们的询问，要表现得落落大方又谦恭有礼。

　　我觉得吃这种饭简直是受罪。
　　所以我从小就十分抗拒和爸妈一起出席这样的场合。

　　现在的我依旧讨厌和领导在同一张大桌上吃饭敬酒，不喜欢参加人太多的聚会，不爱让自己尴尬得不知道如何是好。

　　后来想想或许是我性格上有缺陷。
　　要知道，这年头，多少人削尖脑袋想要参加各种上流聚会或者各种行业聚会，去认识更多或许以后能帮助自己的人。而我收到过很多邀请，最后总是因自己的胆怯婉拒了。

　　我知道这样不太好，但是我没有办法说服自己。
　　想到最后我也认命了，算了，大不了就做不了销售，也成不了太出名的人，只要能养活自己，简简单单、快快乐乐的，我也就满意了。
　　其实我真的是这么想的。

　　从小性格使然，我不太喜欢过度曝光，我更喜欢现在的职业带给我的感觉——在一间小小的录音室里，大家看不到我的模样，通过我的声音也依旧能感受到我想传达的温暖。

这就够了。

从小到大，我交心的朋友不超过四个。而我最好的大学朋友在前几日因情自杀已经往生不再细述，所以这样算起来，只剩下了我的三个发小。

我很在意她们，但是也并不常主动联络。或许在别人看起来，这很奇怪，但是对于我而言，这才是一种最特别的存在。

我把她们当作最好的朋友放在心里，是那种无须说恭维话来维系的朋友，是那种不用每天都发微信、打电话不至于疏远的朋友，是那种不用分享八卦依旧关系亲密的朋友。

我还有一个弱点是不擅长记忆一些东西，比如电话号码、朋友的生日。

很多时候都是和朋友打电话聊天，打到一半她忽然说："哎，你知道吗？今天是我生日啊！"

这个时候我总是大吃一惊又内心愧疚："啊，是啊，那赶紧的，今晚我请吃饭，就这么说定了。"

电话号码我也记不住，每次找电话总要翻出通讯录重新确认一遍有没有错，完全不相信自己模糊的记忆。

有人说，不是你记不住，是你不想记。

但是在我这里，并不是我不爱她们，而是我自己都不怎么过生日，所以对生日这个概念并没有很重视；电话号码，总觉得有手机就行了，没有必要记住，所以也就没有刻意去背。

当然，这些话说出来，很多人可能依旧嗤之以鼻："拉倒吧，你就是不上心。"

你看，这就是我发愁的原因。我关心别人一次，可能要费全部的力气。

而我再怎么解释，别人都会觉得你并不是真心的。

每次跟朋友聊天，当聊到情感话题或者目前遇到的困难时，我总是没等别人把话说完，自己反倒先替她难过起来了。

设身处地地为她想一遍，帮她找应对对策，每次聊天没有半个小时绝对不会结束，每次聊完放下电话总觉得自己要虚脱了。

有时候想联系朋友，也会想很多。这个时间段打过去，别人会不会不方便？现在聊是不是不太好，还是等过几天再说？聊什么话题才不会让别人尴尬？

所以每次和别人联系之前，总会经历一番心理斗争。而最后当真正通话的那一刻，才知道自己想那么多，都是没有意义的。

但是下一次准备联系的时候还是会考虑很多，周而复始，搞得自己疲惫不堪。

或许因为我真的很重视每次和朋友交流的机会，或许我真的不擅长交际，所以需要提前准备很多。

小时候我害羞，所以很怕和亲戚长辈有眼神接触，但是我真的很感激他们的关怀和教诲。

现在的我不喜欢参加人数太多的聚会，但是我也真的很想交到走心的朋友而不是酒肉之友。

我爱我的朋友们，某个深夜一通一个小时的电话，或许比过生日时的一句祝福更加有意义。

爱不需要仪式感，真正的爱存在于细微之处。

　　或许，我们关心别人一次要费尽全部力气，但每一次关怀，你我都付出了百分百的真心。

　　为了爱全力以赴，相信念念不忘，必有回声。

学会如何平视自己，是每个人的必修课

最近看某电视台颁奖盛典，看到演员胡歌登上领奖台发表感言，顺便宣布自己暂别娱乐圈，即将开始一段时间的国外学习生活。

令他没有想到的是，圈内好友林依晨偷偷来到现场，特意为他送上临行祝福，给了他一个大大的惊喜。

林依晨在台上对胡歌说了一段话，我至今记忆犹新，每每想起，都认同及赞赏。

当时林依晨望着胡歌，激动地说道："一个表演工作者，或者可以说任何人吧，都会有被人家仰望或者是轻视的时候，可是我觉得只有他自己应该要知道如何平视自己，知道自己该是个什么样的

人，可以是个什么样的人，我觉得这趟旅程他会因为这样得到很多，然后……开心玩吧！"

当时就看到胡歌眼圈泛红，抿了抿嘴，重重地点了点头。

那一刻我就知道，林依晨是懂胡歌的，她说到他心里去了。

而这段话，我觉得不仅仅适合说给胡歌及当时台下坐着的所有演员，也同样适合说给每一个平凡的你、我、他听。

现在有太多人在这个物欲横流的社会中迷失了自我，摆不清自己的位置。而林依晨，作为一个在演艺圈打拼闯荡多年的女孩子，至今仍保持初心并有这样的觉悟，确属难得，令人敬佩。

我们虽然不是娱乐圈中人，但我们同他们一样，有时候会被困在自己和别人的眼光中。

我身边有一个朋友叫阿华，是我的前同事，现在已经离职了。

我刚来公司的时候他就已经在了，当时作为新人的我没少得到他的帮助。在我的眼里，他是一个好人，热心、爱帮助同事，我很感激他。

　　但是慢慢地，我开始觉察到周围的同事好像并不是特别爱和他聊天，甚至会有一些排斥他，我私底下悄悄向一个姐姐打听，想知道阿华不受欢迎的原因。

　　那个姐姐说："哎呀，你是刚来，好多事情还没有看到，阿华是喜欢帮助别人没有错，但是我就是看不惯他那一副谁都没有我厉害、整天拽了吧唧的样儿。"

　　我惊诧："啊，有吗？我……没有发现阿华是这样的人啊。"

　　姐姐说："你没看到每次开会，只要领导提到什么新项目，阿华就赶紧凑上去各种出主意提点子，好像就他最有想法，别人都比不上他。"

　　我说："可能他确实是为了团队好呢，确实有好的主意呢？"

　　姐姐轻蔑地笑了一下，说："就他？算了吧。每次提的主意没几个可行的，他根本就没有想清楚，没有认真评估可行性就急着说出口，最后害的还不是我们这些执行的人。"

　　姐姐翻了个白眼，接着说："这些工作上的事，就不提了。就说生活中，阿华喜欢帮助别人没有错，但是他也喜欢邀功，每次调侃别人的时候经常摆出一副高人一等的模样，本来阿华的年纪也比其他人都稍微大一些，大家也不敢调侃他，只能默默听着，偶尔有听不过去回呛的，他就仗着来公司的时间长对其他人各种教育。慢慢地大家都知道了他那性子，也就不愿意和他有太多接触了，何必自找没趣呢。"

那天听完姐姐的话后，我跳出了自己是新人的角色，站在一个旁观者的角度观察了阿华几天。

确实，正如那个姐姐所说，阿华有的时候不太会说话，本身性子又特别偏执，再加上在公司的资质相对较高，他产生了某种莫名的优越感。

他虽然不是领导，却俨然一副领导的模样，不是自己的工作范围也常常对别的同事指点一二，而一旦有人反驳他的思路，他便有点"倚老卖老"的阵势，说："这个公司你来得久还是我来得久？你懂领导还是我懂领导？"

我深深感激阿华在我刚入职时对我在工作上的帮助，但也着实担忧他的处境与前途。

那个姐姐对我说："你也不用太好心和他讲那么多大道理，他听不进去的。职场就是这样，每个人都只能各求多福，对于阿华来讲，不能正视自己的位置是一大悲哀。"

进公司那么多年阿华从未被提升，工资涨没涨我不知道，但我清楚他工作得应该也并不怎么开心。

他仿佛天生有一种优越感，把自己放到很高的位置，俯视众人，即使他的职位和众人一样，但他说起话、做起事来却给人一种遥远的感觉，让人想逃之夭夭。

后来，部门来了一个新的领导，来了一场大换血。

新领导看不惯阿华颐指气使的模样，两个人气场不合，某个下午在上个月业绩总结会后，领导单独留下了阿华谈话，最后，阿华被委婉地辞退了。

一脸诧异又有点意料之中的我们看着阿华收拾桌上的办公用品，眼神中都是同情。

阿华哈哈大笑着说："这样最好了，被辞退还有遣散费可以拿，总比我自己辞职强，说实话我上个月就已经准备辞职，最近在找新工作了。"

我们送上了各自的祝福后，目送阿华的背影，互相对望几眼，叹口气，继续工作。

那天晚上我回到家，看微信朋友圈，阿华发了一条状态："此处不留爷，自有留爷处。"

我想了很久想回复他些什么，但终究还是没能找到合适的句子，犹豫了很久只点了个赞，回复了两个字："加油！"

后来看阿华断断续续更新的状态，了解到离职不久他进了一家新公司，每天不是抱怨同事都是刚毕业的大学生沟通有代沟，就是抱怨公司电脑不如之前公司的配置好，工作太耽误事。终于有一天，我看到他开始又抱怨上了领导："我要是xxx，业绩绝对不会是现在这样子。"

当然他发这条朋友圈应该是把他的领导屏蔽了，或者是没有加领导为好友，不然，他真的是又要重新找工作了。

像他一样对自己没有正确认知的人，也生活于每个人的身边。

在其位谋其职，工作中首先要摆正自己的位置，不能想当然地增加自己的优越感，也不小心翼翼地把自己放低。

踏踏实实、本本分分做好自己该做的事情，用一种平视的角度认清自己，不盲目，不无知。

现在很多姑娘都喜欢用自拍神器来美化照片，摄像头打开的那一刻，屏幕上呈现的是一个加了个被滤镜美颜之后的自己。

爱美之心，人皆有之，但千万不要看惯了美颜后的照片，就理所当然认为这就是现实中的自己，于是看待身边的事物也像加了一层滤镜，擦掉了那些真实的污点，留下的全是你想要看到的东西。

这是一种俯视自己的角度，俯视的角度越大，危险越逼近。在云端飘飘然，必定有一天会重重地跌落。

当然也无须自怨自艾，觉得自己一无是处。

我有个好友，家境一般，父母都是环卫工人，她自懂事起就莫名地有一种深深的自卑感。

每次叫她一起出去玩的时候，她总是说要写作业，其实她是怕自己没有漂亮衣服被人嘲笑。

每次小组活动分享作品的时候，她总是说自己还没做完，其实她是怕自己做得不好。

每次家长会的时候，她总是推辞说爸妈都出门工作了，没有时间赶来，其实她是怕没有面子。

我了解她的家庭背景，知道她的委屈和酸楚，虽然能理解她，却觉得没必要太敏感，她原可以活得更好。

家庭背景不是她能选择的，不能怪她，而她能选择的是勇敢面对自己的人生并为之努力拼搏。

大学时期，我遇到了另一个和她有同样家庭背景但人生轨迹却截然不同的女孩子。

她叫阿音，来自四川一个贫困山区，家里姐妹三个，她是老二。从小父母就出去打工，姐姐要上班，妹妹没人照看。

阿音跟我讲她自从上小学一年级起就天天带着妹妹上学，把妹妹塞在课桌下不准妹妹出声，就这样艰难地完成了小学五年的学业。

上了初中和高中，阿音更是刻苦学习，她深知只有考上大学才可以走出这个穷困的山村，给自己和家人的生活带来一丝转机，同时阳光开朗的性格让她每日都信心满满，她对自己的人生、未来的命运都充满了希望。

后来学习优异的她如愿考上了北京的大学，并且拿到了国家奖学金。

由于出色的组织能力、表达能力、优秀的简历，她毕业的时候被某家企业看中，成为班级里最早一批签订工作合同的学生之一。

如今，阿音依旧在北京发展，不仅工作顺利，还每个月给家里寄钱，帮助他们改善生活。

她跟我说她最大的梦想是有能力买一套大房子，能够把家人都接到北京来生活，这样父母就可以不那么辛苦了。

说这话的时候，阿音是微笑着的，我也微笑着看她，回想起好像自从认识她以来就从未看过她有任何沮丧的神情。

今年过年，我在小学同学微信群里浏览消息，得知了我那个小学同学现在的近况。

大家都说她高中毕业后考上技校当了护士，后来由于工资，加上离家又远，她放弃了工作，回到县城，帮妈妈一起摆夜市卖水果。

其实，如果那个时候，她没有那么自卑，不是每日低下头不敢见人，能有阿音一半的阳光和自信，或许，她可以活得更好。

尽人事听天命。不要去想那些不能改变的事情，学会正视自己的价值，把自己余下能把握的每一天都过得踏实和精彩。

把角度放平，心态摆正，知道如何用平视的角度来审视自己，是每个人人生的一堂必修课。

看开点儿，哪有那么多事让你不开心

一讲到生活的艰辛，很多人都开始垂头丧气。

"哎，这日子不好过啊，操心死了。老刘家那个大儿子都三十好几了还没娶上媳妇呢，老刘愁得头发都白了。你看，我们家这个虽说结婚了吧，但还没有生小孩呢，我还能熬到抱孙子那阵吗？现在的年轻人啊，哎……"

"公司今年业绩不好，老板今天开会脸色可难看了，估计啊，接下来一周又要天天加班了，哎……钱难挣啊……"

"马上就毕业了，还没找到工作呢，愁死了，你说找个工作怎么就那么难？"

……

每天出门去公司，我会坐几站地的公交车。车上有形形色色的人，有时候某个人接一个电话，从他谈吐中，大概就能猜到他的职业、年龄、身份以及要去做的事情。

在公交车上听到的对话往往都是满满的负能量，有聊家常抱怨亲戚的，有接送小孩抱怨学校没班车的，有要去签一个合同跟同事抱怨老板变态的，有跟同伴聊起说公司放假期间也要加班太没人性自己准备辞职的。

我是不愿意大早晨听到这样嘈杂的声音，所以一般就戴着耳机听歌，但是有的人越说越激动，声音也越来越大，最后几乎整节车厢的人都默默地听完了他的嘶吼。

想想看，你周围的人，他们的生活是抱怨比较多呢？还是会经常说，哎呀，生活真好，好满足？

恐怕，没有几个人可以天天生活在喜悦中，是啊，我们的欲望太多，理想太丰满，而现实太残酷。

不管你之前对生活抱有多少幻想，一旦脱离温室，社会的残酷能够迅速粉碎你的美梦。

然后你开始变得疑惑、不自信、患得患失，更紧张自己是不是哪里没做好，那些原来想想就兴奋的梦想慢慢被淡忘，遥远得像闪耀在天边的一颗星。

记得我上小学的时候，有一天老师进教室，手里拿了一张白纸。他用黑色的马克笔在纸上用力地点了一个点，拿起来问我们："同学们，告诉我，你们看到了什么？"

我们纷纷举手回答："我们看到纸上有一个黑色的小点，你看，它在那儿！"

老师笑着，说："这么大一张白纸，你们却只关注到上面那个没指甲盖大的小黑点？"

然后老师又说："想想看，在日常生活中，我们是不是也经常这样呢？一件完美的事物，忽然上面有了一个小黑点，我们的注意力就会完全被小黑点吸引去，却完全忘记欣赏它原本的美丽。"

这个举例对我触动很大，我惊觉是不是在日常生活里，我也经常有这样的思维定式，因为这真的是一件很可怕的事。

一件坏事的出现能够完全扭转你的关注点和心情，让你忘了自己最初的目的。

我上学的时候特别喜欢看台湾偶像剧，被妈妈嘲笑了很多次。其实我并不关注里面不切实际的玛丽苏爱情，我喜欢的是每一部偶像剧里塑造的平凡、善良、坚韧的女主角。

比如，最经典的那部《流星花园》，我记得有一个片段是杉菜穿着普通的衣服，第一次踏进英德学院。她当然能看出这个学校里其他同学和她的区别，光是他们光鲜亮丽的衣服就能将她区分开来。

要是现在的女孩子，估计自尊心早就严重受挫，立马跑回家了，但是她却一边在心里嘀咕她们的衣服好漂亮，一边开始计算自己要打多少工才可以买到这样的衣服，丝毫没有感到羞愧和畏缩。

她不觉得这有什么好丢人的，她穿得干干净净，没有偷也没有抢，且校规也没有说一定要穿多么贵的衣服才可以上学，所以，她不觉得这有什么。

后来在学校里发生的种种事情，足够显示出杉菜正确的三观。不卑不亢、不骄不躁，怀着一颗善良的心，宽容体谅他人，严格要求自己。

她永远都是倔强善良的，用现在的话说就是"傻白甜"，每天都心情开朗，没有一点心机，但是最后却收获了完美的爱情和成功的人生。

说了那么多，我想表达的是，我们在日常生活中，也要多一些"傻白甜"和"哈哈哈"，每个人遇到的困难和挫折都是一样的，区别在于你要如何看待和转化。

如果你真的和生活较真，它也真成了你一个过不去的坎儿；如果你一笑了之，你会发现，它真的不是事儿，是你自己想多了。

2

之前我在银行上班的时候，在大堂值班，经常能看到排队等待的客人发牢骚，抱怨等待时间太久，整个人就像一串一点就炸的鞭炮。

多次遇到这种情形后，我就觉得有点意思，因为你能从一个人的动作看出他的性格来。

有的人一进银行就来势汹汹，本来我可以帮他取号，但他不理会他人的引导，自己冲过来拿到号就走，一直站着急得不得了。

有的人接过号后会说声谢谢，然后找个位置坐下，一边做自己的事情一边关注叫号。

同样是等待，你说你那么着急有什么用呢？这又不是在大马路上买菜，你脾气大、嗓门亮、往前挤就能先买着，那么慌张干吗呢？

越着急越觉得时间慢，你越等不了，心情就越郁闷。而那些安静坐着等叫号的人，做着自己的事情，一点不耽误，心平气和。

这可真不是性格问题，这反映出的就是一种生活态度。

前者八成在自己的日常生活中也是样样不顺心的，遇到一点事儿就易怒，更别提生活得开不开心了。

而后者，有闲情逸致，享受生活本该有的节奏，把自己的小日子安排得有条不紊，悠然自得。

我印象最深的是有一次一位老爷爷带着他的小孙子来办业务。小孩子很可爱，这里转转那里看看，最终他在一盆鲜花前停了下来。

他拉着我的衣角说："姐姐，这盆花真好看啊，我想搬到我家去！"

我笑着说："弟弟乖，这盆花是放在这里让更多人看到的，不能拿走哟！"

他爷爷笑着说："孙儿喜欢啊，一会儿爷爷带你去鲜花市场，给你买一盆一样的搬回家。"

小弟弟开心地笑了，绽出明亮的笑容。

"好啊好啊，这样我就能天天看到这花儿了，真漂亮，真开心！"

看着孩子的笑脸，我不禁感叹，这盆花放在这里好久了，不知道那些等待办业务的人有没有静下心来好好端详它，欣赏它的美丽。太多人匆匆忙忙，宁愿站着发牢骚，也不愿意走走看看，欣赏藏在角落里惊艳的风景。

这漂亮的花第一次得到夸奖，竟然是出自一个小男孩的口中，看来孩子的世界，真的比大人们简单得多，也幸福得多。

有没有想过，你所抱怨的那些事，其实不值得你浪费这么宝贵的时间去叹息，有更多可以让你欢笑的事物，你却选择了忽视与逃避。

那个为儿子还没有娶媳妇而愁白了头发的隔壁老刘，有没有想过，万一儿子匆忙娶了一个女人并不爱他，又对自己不孝顺，那岂不是更糟，还不如不娶，反而还得感激老天爷让自己逃过此劫。

那个抱怨还没有抱孙儿的奶奶，应该换一种想法，有了孙儿自己就不得清闲了，以后家里就得闹哄哄的，天天带孩子也并没那么容易。

那个抱怨整天加班钱难挣的年轻人，应该想到，公司业绩不好正是公司需要人的时候，这个时候如果自己努力一下是很容易得到老板赏识的，这正好是个机遇。

那个抱怨工作难找的毕业生，不如想想看，现在自己面前有无限机遇，比那些已经工作五六年想转行都难的人强多了，年轻就是资本，未来有无限的可能。

我常常提醒自己，祸兮福所倚，福兮祸所伏，没有绝对的好事或者坏事。所以做人戒骄戒躁，要淡然处之，不要因为一件喜事开心得疯魔，也不必因为遇到一点挫折困难就感觉人生无望。

你哪有那么容易被打垮，这个世界你没有看过的精彩还有很多。打起精神来，多一些"傻白甜"和"哈哈哈"，感觉委屈的时候就糊涂一把，不必计较得那么清，告诉自己吃亏是福。遇到困难的时候告诉自己，走上坡路必然是费力的，咬咬牙过去就好了。难过的时候，痛快地哭一场，但哭过后就要擦干眼泪继续坚强，第二天的太阳永远是新的。

如果需要一个支撑自己继续下去的理由，那就是——回头看看你身后爱你的父母和朋友。

其实生活中有很多等待我们拆开的礼物和惊喜，真的不骗你。

你目前都没有收到生活所赠的礼物，是因为你没有用心去寻找，它安静地躺在某个地方，需要你亲自前往，亲手拆开。

看开点吧，哪有那么多让你不开心的事呢。

为什么总有人在背后说你坏话

有人的地方就有江湖，有江湖的地方就有恩怨。

我们在这个江湖中即使小心自处，也难免会遭到有心人暗地里嚼舌根。

有时会看到一些听众留言，跟我说他很苦恼，在一个小团体里感觉自己明明已经做得很好了，但还是被人暗地里指指点点，说一些难听的话，不小心传到了自己的耳朵里，瞬间觉得天都要塌了。

他不明白为什么会这样，究竟要怎么做才可以让别人闭上嘴巴，认可自己？

我想我更加能明白这种难受的心情，因为我是女生。女生相对于男生更加敏感，也更爱八卦。而且女生们的友谊更容易建立在互相分享秘密的基础上，一堆女孩子聚在一起，叽叽喳喳的，你跟我说句悄悄话，我跟你分享一件大八卦。就这样说来说去，大家很容易就抱团成一个个小群体，你看我不顺眼，我还瞧不上你这种人，大家表面上依旧客客气气，但暗地里却互相吐槽。

比如，今天她穿了一件很漂亮的衣服，就会有人说："哼，就知道她嘚瑟爱显摆。"

她编了一个新的发型，就会有人说："呵呵，又想引起男生的注意了吧。"

她背的包包是一个很贵的牌子，就会有人说："啧啧，背景不简单啊，你懂得……"

这样的例子比比皆是，只要你想吐槽，就不愁找不到点。

相信很多人也有这样的苦恼：明明自己好端端的，没有任何意图，为何总是被他人误解成别有心机？

我想，原因可能有以下几点——

1. 你拥有别人得不到的东西

大家都向往美好的事物，你穿了件好看的衣服，梳了一个好看的发型，背了一个超贵的包包，这些都是别人求而不得的东西，嫉妒心作祟，他们只能酸溜溜地在背后说坏话，来弥补自己不能满足的心情。

我上学的时候，班里来了一个转学生，是一个很漂亮的女生，听说她家在市里，很有钱，成绩也好。

她背的书包的牌子我们甚至都没有听说过，她用的文具盒漂亮得让我们两眼放光，她穿的衣服更是我们县城都找不到的款式。

我经常听到有同学私底下小声嘀咕："哼，有什么了不起，她这样打扮就是想引起男生的注意嘛，看吧，她的成绩肯定会下滑。"

后来上体育课的时候我和她分到一组，所以慢慢和她聊了起来。她说她觉得很委屈，她身上穿的、用的都是爸妈给她买的，她也知道这样会招来妒忌，但是这就是她的生活啊，难不成还要特意去购置一套低档次的学习用具来证明她无心炫耀吗？估计那样，她又会被别人说成装模作样。

跳水皇后郭晶晶曾接受过采访，回应网友酸说嫁入豪门了生活那么好，用的物品肯定也是非凡人所能及的，她是这么笑着说的："你看我扎头发的发绳，就是一般大家都能买到的那种两块钱一根的，我是有钱，但是我也不能说人家卖两块我非要别人两百块卖给我吧？我的生活就和大家一样啊，要去菜市场买菜做饭，也用两块钱一根的头绳。"

不是每个人都能有那么好的家境，也不是每个人都能够嫁入豪门余生无忧。

因为你拥有了别人得不到的东西，如金钱、时间、爱人、资源等，无形的优越感让别人红了眼，于是闲言四起，每一句都在控诉他们的嫉妒和不甘。

2. 你的优秀让别人有压力

东西可以拥有同款，但是你的优秀无法复制。

电视剧里经常上演那种上班族在茶水间各种吐槽某个人的情景。

且不说被吐槽的人人缘是否真的很差，能被那么多人在背后说闲话，我觉得也是一种能力。

往往什么情况下容易在办公室被人说闲话呢?

无非是升职太快、被领导重视,或者 TA 的优秀影响了自己的心情。

不知道大家有没有注意到,被吐槽的永远是拔尖的那个,大家不会浪费时间把口舌用在表现差的人身上。

吐槽表现差的员工是领导的事情,大家聚在一起暗地里讨论的那个才是与众不同、让大家都感觉有压力的人。

我有一个朋友小 A,大学刚毕业,去了上海一家公司工作,一开始小 A 特别勤奋,每天都加班,工作很努力,深得老板赏识,连升了好几级,惹得办公室的人羡慕嫉妒恨。背地里说她闲话的也开始多了起来,什么她加班很晚只是为了表现、她和老板有一腿啊等等,不堪入耳的话层出不穷。

小 A 也曾困扰过一段时间,她想,要不就和大家一样,不要那么努力,每天好好上班,但是她又说服不了自己,因为她真的很想好好工作,认真学习,所以她捂上耳朵练就一颗强心脏,不听不说不想,坚持自己想做的事情,最终第三年坐上了主管的职位,薪资也翻了好几番。而那些说闲话的人,有的已经离职,有的依旧是一名普通员工,领着微薄的薪水。

所以，莫让他人影响了你变得优秀的脚步，你要做的是走得更快，把他们甩得更远。

3. 总有一些人很闲

有的时候，不管你做不做、怎么做、做什么，都会有人指指点点。

就像坐在小区门口晒太阳唠嗑的大爷大妈，每天没有事情做，唯一的事情就是找乐子。

有一些人，比大爷大妈还要无趣，他们的乐趣就是整日八卦，然后对别人评头论足。

有一个听众说她曾经有一个舍友，经常在背后说自己坏话，而且不只是自己，其他人她也照说不误。

那个舍友似乎并没有觉得有什么不妥，只要宿舍里有某个人不在，她就开始拉上别人一通八卦，人人躲之不及，她却乐此不疲。

这个听众很苦恼，很长一段时间一回宿舍就浑身不自在，后来自己想通了，这个世界上的人形形色色，只要自己问心无愧，就不必太在意别人的看法。

生气，就是用别人的错误来惩罚自己，何必呢？

看完这些，如果你还没有想通，那最后萱草再告诉你一句让你豁然开朗的话：为什么他们总是在你背后说你的坏话？——因为你走在他们前面啊！

那年夏天，最亮的星

在我的记忆里，我看过的最漂亮的星星，是那年夏夜躺在农村姥姥家的小土屋顶上，抬头看见的牛郎织女星。

我小时候跟爸妈在小县城长大，姥姥家在农村。于是每逢周末或者小假期，爸妈会带上我一起去乡下的姥姥家玩耍。

那个时候的老家还没有什么开发计划，有着充满乡土气息的泥路、郁郁葱葱的绿树，现在回想起来，带着儿时纯真的味道，是记忆里最美的风景。

姥姥家院中间有一棵很大的石榴树。

那棵树的树干很粗，枝繁叶茂，每到结果的季节，一些枝叶便会蔓延开来，延伸到老屋的屋顶上，所以，每到石榴成熟时，我都会顺着石阶爬到屋顶，拿把剪刀兴奋无比地去收石榴。

姥爷姥姥经常在下面仰着头看着屋顶上的我大喊："小心点，别摔着！太远的就不要摘了，捡大的摘……"

我兴冲冲地从这个房顶跳到那个屋檐，像极了武侠片里飞檐走壁的大侠，只不过别人是"采花大盗"，而我则是小小的"石榴妹"。

姥姥家的石榴树在我眼里就像一头忠厚实诚的老黄牛，不声不响地每年一到结果的季节总会带给全家人满满的惊喜。

不仅石榴结得多，籽大味还甜，比外面小摊上卖的不知道要好上多少倍。每年到了结石榴的季节，我总会第一时间接到姥姥打来的电话，"妮儿啊，家里的石榴熟了，你啥时候来啊？"

小时候，我单纯地认为这就是在盼着我回去摘石榴，一心只想着有好吃的。后来离开家才忽然醒悟，这是一种想念的信号，声音的背后承载了太多来自于老家的思念。

这种想念太浓重，像一壶由石榴榨汁发酵而成的烈酒，姥姥姥爷把这份沉甸甸的想念全放进酒中，希望借着酒香，召唤馋嘴的孩童，一解思念之情。

所以说，石榴对我来说是解药，而我是他们的解药。

后来我考上大学离开家乡，回老家看望他们的时间变得极其有限。

姥姥不再每年都打一个电话来催我回家摘石榴，而是每次都通过我母亲转告我，"家乡的石榴熟了，可以摘啦。放心，我已经偷偷地把最大的摘下来了，藏了起来，谁也不给吃，就等你回来。"

那时候的我刚离开家乡，在北京上大学。

第一次听我妈转述姥姥的话时，我在电话这头忍不眼泪涌上眼眶。

我好像终于明白了离开的意义。

姥姥姥爷逐渐模糊成了一个背影，离我越来越远，我忽然想起龙应台《目送》里面描写父母的那段话，"我慢慢地、慢慢地了解到，所谓父女母子一场，只不过意味着，你和他的缘分就是今生今世不断地在目送他的背影渐行渐远。你站在小路的这一端，看着他逐渐消失在小路转弯的地方，而且，他用背影告诉你——不必追。"

只不过这里不是父女母子，而是姥姥、姥爷和我。

刹那间，关于以往所有在老家和他们在一起的种种画面，排山倒海向我袭来，压得我胸口发闷。

我知道，故乡已经成为一个遥远的符号，那棵石榴树或许也会生老病死，而姥姥姥爷也会有自己的归期，不会永远等着我。

但那又能怎么办呢？在时光面前，我束手无策。

学会接受，接受这个世界不会有童话，或许这就是成长的代价和意义。

还记得小时候我在姥姥家一住就是一整个暑假，每个夜幕降临的时候，池塘里青蛙的叫声就打破宁静，蚊子也嗡嗡地在耳边作响。

我不堪蚊子的骚扰，把头埋进被子里，闷出一身汗。姥爷笑笑抱起我，卷起一床凉被爬上了屋顶。

我发誓在那之前以及在那之后，从未见过那样美丽的星空。

放眼望去，点点繁星铺满了整片天空，琅琅星辰，完全满足了我孩童期的梦幻与想象。

姥爷让我躺下来仔细看，他手指着那边说："你看到那边那颗最亮的星星了吗？"

我睁大眼睛极力分辨："啊，看到了！"

"那是启明星。"姥爷和蔼地笑着说。

我瞪大眼睛，不敢错过一分一秒星星偷偷眨眼的时刻。

"你再顺着看那边……"姥爷手指的方向一变，我顺着看过去。

"你看那些星星像什么形状？"

我用小手比画着，忽然大叫："是一个勺子！"

"没错。"姥爷哈哈笑着，"那叫北斗七星，你数数看，是不是有七颗星星？"

整个宇宙在我面前全部展开，一览无余，朗朗夜空下，小小的人儿在自己的世界和无穷的空间中尽情游览，那一刻我是一条欢快的小鱼，被姥爷托着，一扭一扭地游向天空。

很久很久之后，我微微听到身边鼾声渐起。扭头一看，姥姥不知道什么时候已经睡着了，而再扭头往这边一看，姥爷也已悄然入眠。

我依旧睁大眼睛看着星空，不愿合眼，忽然觉得一下有两颗星星在向我眨眼，赶紧眨巴眼睛仔细一看，却又分辨不清到底是哪两颗星星刚才那样淘气。

我觉得有趣极了，这是我之前在自己家高楼房屋里完全没有过的体验。

此刻，蛙声依旧不绝于耳，但蚊子的嗡嗡声已经轻了很多，我闭上眼睛用心去听，冥冥中却好似听到了星星的对话。

自那以后我爱上了姥姥家的屋顶，以及那片夏夜里抬眼就能望见的星空。

上学后接触到了星座，还特意跑回姥姥家爬上屋顶，拿着图纸对着方位一一找寻。

更多时候还是和姥爷一样，躺下来盖上一床凉被，摇头晃脑地数星星："1、2、3、4、5……50……哎呀！那颗星星怎么跑掉了？讨厌！"

数着数着，睡意袭来，再醒来已经是东方既白。

多少年后回想起这一幕，都能令我感动得恨不得大哭一场。说不清楚是怎么样的一种感觉，我一直以为我喜欢星星，留恋那片夜空。直到后来离开姥姥姥爷、离开父母、离开家乡，晚上在大城市抬头望，再也看不到明亮的星星，才忽然意识到，家乡可能真的回不去了。

是这个念头让我感到恐惧和悲伤。

直到现在我还有喜欢在夜晚抬头看星星的习惯，尤其是每次加班出来的时候，总是习惯性地抬头看夜空。

我想如果此刻，家乡的姥姥姥爷也在抬头仰望的话，那我们的目光是不是会同时聚焦在同一轮明月上或者同一颗星星上，那是不是也是另一种意义上的重逢？

但是我知道，他们老了，可能头都抬不动了。

上次和妈妈打电话，她说姥姥忽然身体不太好，住了好几天院，大小便失禁，生活都不能自理了，我着实担心了好几天。

但是我知道，姥姥是真的老了，身体一天比一天虚弱，眼神会越来越不清楚，在时间面前，我们都不堪一击。

妈妈上次来北京，我们开车路过天安门的时候，她自顾自地念叨："要是你姥爷有机会来北京看看就好了。他做了一辈子语文老师，教了一辈子书，看了一辈子书里的北京，就是没有机会亲眼看看北京到底什么样。"

我听了一阵心酸，立马说："等到你们放假，就把他们接来北京玩一圈，我早说让他们坐飞机来转转，一直没能成行。"

我妈说："要来也只能是你姥爷了,你姥姥那身体已经走不动了。"

我听后又有想流泪的冲动，幸好忍住了，别过头去，没让我妈看到我的眼圈已经泛红。

曾经那么疼我爱我的姥姥和姥爷，终究，还是老了。

但是我会尽力，争取尽快接他们来北京，让做了一辈子教师的姥爷亲眼看看天安门城楼上挂着的毛主席像，让姥姥尝尝北京的石榴，是不是和老家院中那颗石榴树结的果子有不一样的味道。

而那年夏天我在姥姥家屋顶看到的最亮的故乡的星，将会成为我人生中最亮的永不会熄灭的灯，指引我不断前行。

Part 03

好好说再见，是对过去的最好成全

得到的都是侥幸，失去的都是人生。有些东西太早，
我们目前得不到。有些东西太远，我们这辈子都够不着。
学着用微笑，来祭奠那些付诸东流的全心全意。一夜太短，
别睡得太晚。一生珍贵，别爱得太累。

再见，再也不贱

最近气温渐寒，天色黑得特别快，下班出来的时候已经天黑了。啊，冬天要来了。

其实我并不讨厌冬天，相反还蛮喜欢的，跟大多数人不太一样的是，我还喜欢夜晚和雨天。

我喜欢躲在静谧的夜幕里想念一个人，也喜欢躲在滴水的伞沿下偷偷地看这个世界。

所以这些天我下班出来，望着漆黑的夜色，满脑子充斥着伤感和想念。嗅着钻骨的冷空气，看着路上来来往往的行人，我突然就特别想念那个姑娘。

那年冬天，圣诞节，我毕业后工作的第一年。

闺蜜旦旦提早好几天就和我约好了时间，叮嘱我那天一定要来参加她的 party，她之所以那么在意是因为，那天她在意的人也会来。

她喜欢的人是当年和我们一个学校的，两个人从大一开始谈恋爱，到了大四毕业分手，几乎是毫无征兆的。

我还没来得及问她原因，她就已经先跑来找我了。恰巧当时宿舍里就我一个人，她也因此毫无顾忌地哭成了泪人。

她喜欢的那个男生，出轨了。再简单一点说，他和他的前女友，在外面过了一夜。

前女友来找他本来是因为其他的事情，并非旧情难忘。

然而两个人约在西餐厅就餐，推杯换盏、酒劲上头之后，便醉醺醺地聊起了往日情浓，走的时候男生或许是为了照顾到女孩的安全，也或许确实有了别的心思，总之非要执意送女孩回酒店，这一送，就送到了床上。

原本旦旦那天是有晚自习的，完全不知道。

然而这个前女友不知是真的愧疚，还是别有用心，居然在男孩手机找到了她的电话号码，编辑了一条短信发给了旦旦。大意是真的很抱歉，希望旦旦能够原谅。

我无法猜测旦旦当时看到短信后的震惊表情，后来旦旦跟我说，那个时候她觉得天都要塌了。

她完全想象不到被人背叛的事情会发生在自己身上，她不知道是该成全他们，还是要忍气吞声。

后来旦旦和男友摊牌，讲了这一切。

男友让旦旦再给他一次机会，旦旦问："为什么？"

男友只回答一句："我知道你爱我。"

后来旦旦回忆，她和他的这段爱情，应该就是从这句话开始坏掉的吧。

"我知道你爱我"，多么冠冕堂皇，多么可笑。

但当时的旦旦，天真地以为他们还可以白头到老。

后来旦旦发现，男友不仅毫无补偿之意，反而对她比以前更随意。

比如一不如意，男友就冲她嚷嚷，有时候甚至还上手推搡。旦旦萌发过无数次分手的念头，但是却都含着泪咽了回去。

旦旦真正下定决心要分手，是有一次在宿舍里，男生去上自习手机落在了旦旦那里。偏偏有一通电话一直在响，旦旦拿起来看是一个朋友打来的，便接了电话说明了情况，正要关闭手机的时候，QQ突然跳出来一个人的信息。旦旦好奇便点了开来，不经意间看到了男友和他的聊天记录。

应该是他的兄弟吧，还是那种无话不谈的铁哥们儿吧。

但聊天记录里，男生却云淡风轻地说旦旦太爱他，无论他怎么做她都不会离开他的，旦旦几乎可以想象到他在说这些话的时候，是怎样的扬扬得意。

原来在他心里，自己是那么分文不值。

从什么时候起，自己已经沦落到如此卑微的地步，像一朵没有骨架的小雏菊。

于是旦旦狠下心分手。

男生或许离开后才晓得旦旦的好，于是反过来软语求和。

旦旦约他在圣诞节见面。一同去的还有我，以及其他朋友。

我说是不是有点不太合适，你们自己的事情，应该私下解决。

她苦笑着问："解决？怎么解决？跟上次一样和前女友喝醉了，

搀扶到床上睡一宿？"

我知道她心里始终过不去，于是，便不再劝了。

众人差不多都到齐的时候，那个人也来了。我们一群人站在
KTV 大堂的门口，他徐徐前来，看到这么多人有点意外。

旦旦大方地上前迎他，客客气气的。大家有说有笑，就好像这
个聚会只和圣诞节有关，和其他的无关，似乎都忘记了，这次聚会
最开始本是男生约女生的见面。

旦旦大声地唱着笑着，止不住地打闹。男生几次想要找她说话，
都被旦旦大笑着岔开了。于是男生也明白了些什么，开始沉默。

回忆起那年的圣诞夜，我记忆最深的，就是旦旦爽朗而又寂寞
的笑声。

到了凌晨两三点，夜已经很深了，其他人都睡了，只剩我、旦
旦还有他清醒着。

他忽然起身说："时间不早了，我明天还有事，要不……我先
回去吧。"

说完又转过来对我说："照顾好旦旦。"

我点了点头："这个你放心，没有人比我对她更好了。"

他一怔，然后穿好衣服走了。

恰巧包厢里的那首歌结束了，下一首歌的前奏还未响起，气氛寂静无比。

现在回想起来也就是几秒钟的事情，但是那一刻，我竟觉得有几万光年那样久。

旦旦说："你陪我出去走走吧。"

外面不知道什么时候已经开始飘起了小雪。我们出门抬头望天，一片片雪花洋洋洒洒，落在睫毛上、鼻子尖，还有心头里。

隐约间耳畔有圣诞歌曲在响。街边的商家每块玻璃上都贴了圣诞老人的头像，每一间店里都播放着《铃儿响叮当》。对，今天是圣诞节啊。

"扑哧"一声，打断了我的思绪。我连忙转身，却发现只有我一个人。

旦旦呢？再仔细看她已经跌在草丛里，狼狈不堪。

我大惊，连忙上前搀扶："你怎么了？没事吧？"

她摆摆手，哈哈大笑，说："我醉了啊，醉了……没事，不用管我，哈哈……"说着便呜呜哭了起来。

就这样一个漂亮的姑娘，在一个圣诞节的夜晚狼狈地跌落在马路牙子旁的草丛里，头发凌乱不堪，神志不清，一边摆手一边哈哈大笑，看得我差点落泪。

多少年后我再和她讲起来这一幕，她兴致勃勃地问我："我当时的样子是不是很丑？我真的那样了吗？"

我像看外星人一样的看着她："当然，看过你那一面之后还能跟你做朋友的我，是不是真爱？"

但这也是多少年之后的事了，旦旦用了很久才走出这段卑微的爱情。

（爱情让你变依赖／变成了小小孩／一受伤就会哭得很厉害／他不懂你给的爱／是他自己活该／你的笑容最可爱。）

和那个卑微的自己说再见吧，和那个高傲的他说再见吧。

再见，再也不贱。从此后，秋云春水，千山暮雪，各自珍重。

离开他（她）之后，你会发现，你的双眸不仅适合流泪，更适合微笑。

对的人，是不用跑着去靠近的

朋友阿鬼有一天晚上哭得妆都花了，头发凌乱地跑到我家，跟我说她分手了。

我看看门外，逗她："你怎么来的？不会就这样一路跑来了吧？有没有吓到路人？"

她恶狠狠地看了我一眼，说了一句："没良心的，你姐们儿失恋了！是人是鬼我也不在乎了！"

我凑近看她脸上花了的眼线和掉了一半的假睫毛，假装心痛地说："别哭啦！你这张脸可是会呼吸的人民币啊！"

阿鬼是我朋友中最大大咧咧也最爱憎分明的女孩子。

我们刚认识的时候是在学校食堂，我排在她前面，打饭时要走了最后一份糖醋排骨，她在我后面大声说了句："我去！没了！我的糖醋排骨被别人抢走了！"

我忽然觉得背后升起阵阵寒意，怯生生地转过头，看到一个身材健硕的女孩子正盯着我，两只眼睛里充满敌意。

我连忙说道："不好意思，我不知道你也想要，我也喜欢吃糖醋排骨。你如果真的特别想吃的话，我可以让给你的，没关系。"

却没想到她大手一挥，扭过头去，说："罢了罢了，既然我们都爱吃糖醋排骨，那就希望你能好好吃掉它，不要浪费。"

我怀着感恩的心情道谢，然后恭敬地接过窗口师傅递来的餐盘，正准备转身，忽然一个身影晃过，撞得我一个措手不及，"咣当"一声，餐盘摔落在地。

"啊！"整个食堂的人都听到了她无比悲痛的嘶吼。

我惊魂未定，只感到面前有个人风一样经过，等我看清时，阿鬼已经拽住了那个撞翻我餐盘的"罪魁祸首"，大叫："你不许走！"

我这才看清，那个撞翻我餐盘的人，是一个和阿鬼一样健硕的男生。可能是被阿鬼的吼叫吓住了，他整个人有点愣愣的，说："你是谁？好像刚才，我撞的人，不是你？"

女生不依不饶："你是没有撞到我，但是你撞到我的菜了！"

男生蒙了："你的菜？什么菜？这个女生是你的菜？"

我没忍住笑出声来，上前拽住阿鬼，好不容易把她拽出了"案发现场"。

从那之后，我和阿鬼就成了可以一起大口喝酒大口吃肉、一起痛快哭痛快笑的好友。

我从未有过这样的体验，和她在一起，做什么事情都可以酣畅淋漓，开心了就大笑，难过了就大哭，不矫情不做作，我觉得，我有阿鬼这个朋友真好。

日子过得痛快淋漓，没有细腻，在她的世界里，好像只追求两个字——痛快。

她好像对男生免疫，也没有小女生那样的小心思。看对面的男生走过永远都是"哎，你看他的裤链没有拉"或者是"这男的一看就虚"。

但是第二天我就发现，我想错了。中午下课在去食堂打饭的路上，我居然看到她挽着一个男人的胳膊朝我走来。

我一度怀疑自己的眼睛坏了，于是仔细看了看，确实是真的。而且，看得越仔细越觉得那个男生眼熟，最后在脑海里搜索出，他就是那天在食堂把我的糖醋排骨撞翻在地上的男生。

我的天哪！

上次"排骨事件"之后，谁也没再提这个，我以为就只是个小插曲，谁能想到还有后续啊。

一整个下午，我上课都听得都心不在焉。我好奇极了，最终没能忍住，没等下课就给阿鬼发了条短信："下午下课后，老地方见。"

她秒回了我一个字，"好。"

在操场，我第一次见到了恋爱中的阿鬼。是的，恋爱状态中的阿鬼我是没有见到过的。

看着她一改往日的豪爽霸气之姿，添了一些小女人的娇羞之态，我叹了口气说："招了吧！"

"什么呀？"她冲我眨眨眼睛，装傻子。

"要不要我把偷拍的你俩的照片甩在你脸上？"我没好气地说。

她忽然笑开了，竟然用手捂嘴："哈哈哈哈，你说他啊，哎呀，我们刚开始就被你抓住了。我还想等稳定了，找个机会跟你说呢。"

我看了她一眼差点没吐出来，之前那个健硕的女汉子不见了，站在我面前的是一个我不认识的恋爱中的萌妹子。

我从未想过，她竟然也可以有萌妹子的娇羞态势。

我问："你们什么时候好上的？"

她说："咱俩认识的第二天，我就托朋友去打听他在哪个学院叫什么了。"

我大跌眼镜："你竟然那么早就对人家起了歹心！"

"我觉得他很可爱，和其他男生不一样。我揪他领子的时候，看他的眼睛居然觉得他很温柔，当时我就觉得自己可能大事不好了。然后慢慢地，越陷越深……"

我看着身边的阿鬼，她的眼神变得无比温柔，爱情果然很伟大啊！

我问："那你们谁追的谁？他也喜欢你吗？"

她眼神有些飘忽，说："是吧，我想他也是对我有意思的，不然为什么会答应我呢？"

"答应你？"果然，阿鬼就是阿鬼。

从那以后，我真的很少能和阿鬼见上一面。

本来觉得刚认识一个肝胆相照的好朋友，真是件令人开心的事，而现在她却迅速离我而去，留下我这个单身继续凄凄惨惨戚戚，顿时觉得人生又了无生趣了。

不过我还是会时不时在半夜发短信"骚扰"阿鬼，如果她能秒回说明她在宿舍，那我就会飞奔到她楼下叫她出来小聚。

但大多数时间，她都是第二天早上才回复我："哎呀，才看到。"

我心知肚明，就回复她："行了，知道你昨晚约会了，很忙，我还是有眼力的。"

阿鬼和那个男生在一起，两个人之间关系怎么样，是热恋中还是已经过了热恋的阶段，这些我都没有询问，只是我每次见阿鬼，看见她脸颊上升起阵阵少女羞涩的红晕，就什么都懂了。

我想，真好，能有一个人让她轻声细语，温柔如水。

我想，真好，难得有一个让她这么喜欢的人。

但偶尔我会在阿鬼的人人网上看到她在深夜发一些文艺的句子，好像是分享别人的，又好像是在说她自己。

有一次见面我问她："你有时候大晚上不睡觉，小脑袋瓜想什么呢，哪来那么多细腻的小情绪？"

她看着我叹了一口气，沉默良久终于开口说："如果我说，我觉得有时候和马哥在一起不是很开心，你会相信吗？"

我大吃一惊："啊？为什么这样？你们是不是吵架了？"

她摇摇头："没有，我们很好，只不过有时候……我总觉得他不是很在乎我……当然也有可能是我自己太贪心，想要的太多了。"

我也沉默了。

我不知道为什么她会这么讲，而我这个恋爱经验几乎为零的少女，确实也给不出太好的情感辅导。

又过了一会儿，她说："就是有时候吧，我会觉得，我需要跑才能跟上他的步伐，而他却不会等等在身后的我。"

我说："你是不是觉得不如他优秀？还是有什么别的原因？"

"不是。"她说，"就是觉得是一种状态，他是我需要一直跑着才能去爱的人，而他永远在原地，不会为了我多挪一步。"

我忽然想起那天阿鬼和我说的她表白时的场景。

她当时举着一个戒指，当着马哥的面，勇敢地询问他愿不愿意，而周围站满了围观起哄的同学。

我不知道那男生是出于什么原因答应了阿鬼，是心动、真爱、感动还是寂寞？

接受的原因不同，在爱情中投入的程度自然不一样。而这些事情，现在再和阿鬼说，早已太晚。

那天我只能安慰阿鬼，让她别想太多，顺便提醒她："爱一个人，别爱太满，对的人，是不需要跑着去见的。"

她点点头看着我，我不知道她是不是真的懂了。

后来阿鬼和那男生的感情倒也还稳定，两个人虽然时有小吵，但并没有太大的矛盾，其实我也知道，阿鬼那么爱他，就算两个人有过争吵她也肯定想办法尽可能和解，不会让矛盾升级。

就这样我们一起迎来了毕业季，一起毕业，然后几乎同一时间去找工作、入职，成了职场人。

在职场上，阿鬼依旧风风火火，颇有一股时刻等待杀上战场的气势。

新人这样棱角太明显的下场就是，很容易得罪人，并为此一再地换工作。职场不如意，阿鬼的感情这时候也亮起了红灯。

那天晚上她哭花了妆，无助地跑来找我，哭着说，分手了。

说实话我早就想到了这一天，但没想到来得这么快，而且还是在她这么不顺的时期。

她坐在床边，抽泣着，跟我絮絮叨叨地说起她和马哥。

毕业后马哥通过家里关系去了一所学校，当了一名体育老师，每天除了上课时间基本上都没有事，这和在职场上折腾得风风火火的阿鬼形成了强烈的对比。

阿鬼每天晚上加班到很晚才回到出租房，而马哥则下午五点半就回了家。

阿鬼每天早上要五点半起来赶地铁去公司，而马哥除了有课的时候需要早起，上午没课的话就算十二点钟到学校也是完全可以。

很明显，阿鬼太辛苦，马哥太清闲。

但在阿鬼还没觉得心里有落差的时候，马哥却先抱怨了起来。

他觉得阿鬼每天累得要死要活，赚钱还少，真是太笨了。他还教育她，工作上不能蛮干，要学着机灵和圆滑。

马哥每天闲工夫太多，所以社交的时间也多了起来。下了班不仅经常和单位其他女老师一起去 K 歌和聚餐，甚至周末也基本都预约了出去，根本没有和阿鬼相处的时间。

阿鬼跟他说过自己是职场新人，这样的状态是暂时的，需要一个过渡期。但马哥不以为然，他觉得人和人的起点不一样，言语之间显示出阿鬼有点拖了他生活质量后腿的意思。

有一次两个人大吵了一架，马哥脱口而出："你受不了就走，我又没有留你。"

阿鬼忽然觉得，这么多年自己的真情都错付给了一个薄情的人。

她忽然开始想念刚恋爱的时候，自己坐在马哥自行车后座上和他谈天说地时的轻松模样。

　　想着想着她又推翻了自己的想法，不，他不是一个薄情的人，至少一开始，两个人都是认真的。

　　但又想到了之前深夜睡不着发过的那些文艺的状态，那些一个人默默受过的委屈，那个需要她跑着才能追上的人……

　　这次两个人决定分手，是因为一件很小的事情。

　　马哥单位里有个女老师结婚，分给他一袋喜糖。晚上回家阿鬼看到了，就问是谁的，马哥说是他们学校一个老师的。

　　于是两个人从糖果就开始想象起了结婚时招待众人的样子，最后又聊回了喜糖，阿鬼说："到时候我们也装成这样发给别人吧。"

　　马哥说："那得看你到时候能挣多少钱了。"

　　阿鬼听着不痛快，反问："为什么要看我挣多少钱？"

　　马哥没好气地瞥了她一眼，说："反正现在我是能养活自己，到时候你挣那点钱能不能养活自己还是个事，还喜糖，有就不错了，就别挑了。"

　　阿鬼生气了："我就是幻想一下以后我们结婚时候的样子，怎么，想一下也要被你这样嘲笑吗？"

　　马哥云淡风轻地说："我说的难道不是事实吗？想得再好有什么用？"

阿鬼只觉得一口气憋在嗓子眼，什么也说不出。

她怔怔地看着马哥好久，忽然问他："你是不是觉得和我在一起累了？不想过了？"

马哥也看着她，没有表情地说："反正我没有说过这话，你要是觉得是，那就是吧。"

阿鬼心里的坚持终于在那一刻全部坍塌。

她懂了，她也彻底承认了这些年来在这段感情中，自己苦苦维系的不堪与失败。她流着泪，眼睛红红地看着他，狠狠地说："好，从今天起不过了，分手吧！"

然后，夺门而出。

她在家附近的小公园等了半天，也不见马哥追出来，手机也没有来电显示。阿鬼彻底心寒，准备放下了。她在街边拦了一辆车来到我的住处，哭着跟我说她真的太难过了。

我听完所有的故事后，安静地抱着她，想给她一些温暖。

那个骄傲、潇洒、豪爽的阿鬼不见了，此刻在我怀里的她是一个受了伤、不断舔舐自己伤口的落魄的小女生。

我感谢马哥把阿鬼还给了我，但是也恨他让阿鬼这样流泪心痛。

　　但爱情中的事情，从来都是你情我愿，没有绝对的平等，只有小心翼翼地平衡。

　　一段感情，如果一方过得太潇洒、太自我，另一方势必就要无限地去迁就和包容。

　　阿鬼爱马哥，所以她愿意一路小跑追上去；而马哥对阿鬼，只不过一直是在原地停留。

　　像阿鬼这样的傻女孩还有很多，有多爱，就有多卑微。可是，爱要互相迁就才能持久，对的人是不需要跑着去见的。

　　主动一点没有错，可主动是勇气，不是一味地妥协和卑微。两个人想要永远走下去，是要携手并肩的，而不是某一方永远在追逐。

　　好的感情是相互的，不需要苦苦追逐。可话又说回来，就算彼此之间有差距，如果那个人愿意等等你，愿意让你慢慢来，这样跑着去见才会有意义。

好好说再见，是对过去最好的成全

有一天我在邮箱里看到了这样一封信：

"萱草姐，你好，我叫小洁，我现在心里特别难受。前几天我和男朋友分手了，因为他受不了异地恋，觉得我们没有未来，所以提了分手。"

"我这几天一直很难接受这件事，整天情绪低沉，也没有心思好好工作，我觉得没有他我以后的人生就暗淡了，你说我要不要去他的城市和他谈谈？我还要不要挽回这段感情？"

看完，我叹了一口气。

见多了女孩子在爱情中唯唯诺诺、委曲求全的样子，我知道在爱情里，很少有人能够真的做到潇潇洒洒，可每次看到为了爱这样卑微的姿态，我还是很难过。

小洁身上有我过去的影子，只是，那早已成了过去。

曾经我也认为如果离开他，自己的人生将会毫无意义。可目前的状况是，离开了他，去到另外一个人身边的我，幸福无比。

分开时，难过是真的。可离开后，经过时间的洗礼，找到了更好的幸福也是真的。

说到这里，我想聊聊我朋友小Z的故事。

小Z是我刚工作时遇到的第一个交心的同事。

当时我刚踏入社会工作，耳边充斥着大人的"江湖险恶，少说多做"的告诫，每天安安分分做好自己的事情，对于同事热议的八卦、经常搞的聚会都时刻悬着一颗心，不敢全心参与进去，又不敢太疏远。

于是每天就像在天平上行走，生怕一脚踏出去失去重心，让自己摔个狗吃屎。

就在我每天小心翼翼维系着和大家的关系时，小Z被调过来和我一同做事。

我更加谨慎，说话行事更加小心，甚至面对同龄的小Z，我好几次都脱口而出"您"，惹得她哈哈大笑。

她说其实我不用那么客气，因为她和我是一类人。我们都是从小地方来的，都是凭着自己的努力一步步走到现在。

我惊讶她的坦诚，在她的率真面前，为自己的矫情感到羞愧。

从那以后我和小Z成了无话不说的好朋友，由于年纪相仿，上学的时间和经历都差不多，所以我们在一起聊大学、考试、工作、恋爱，直到问到她现在的感情状况，她忽然就沉默了。

我也沉默了，暗暗开始慌张，担心她有难言之隐，暗怪自己说话不知轻重，唐突了，更害怕她因此心里会对我有疙瘩。

她沉默了很久，简单地说了一句："我分手三天了。"

三天，我掰着手指头数，一、二、三，嗯，确实很短，就像昨天发生的事情。

刚分手三天，想必现在是最难熬的阶段吧！

我小心翼翼问起原因，她缓缓张口对我道来。

小Z的前男友是她隔壁大学同级的朋友，有一次那个男生来他们学校参加活动，正好遇见这次活动的负责人小Z，两个人从最开始的普通朋友，慢慢就发展成了恋人。

小Z说那个男生很优秀，对她也很好，两个人就这样一起度过了一年美好的大学时光，第二年就迎来了毕业。

小Z想留在北京，可是男友家人已经为他找好了工作，要他回重庆。

她男友问她怎么办，小Z咬着嘴唇半天不说一句话，只有豆大的泪珠一直扑簌簌地往下掉。

男友希望小Z随他一起回去，可小Z很犹豫。一方面是对男友的家乡很陌生，心里没有安全感；更重要的一方面是，刚毕业的她内心热血澎湃，觉得更适合留在北京好好打拼一番。

男友看她这样，叹了一口气，拎起行李走了，小Z赌气甚至都没有去车站送他。

听完小Z的话，我完全能体会她那种难过的心情。

自从那天在休息室听完小Z的故事后，我觉得自己和她的关系更近了一些，但同时，我也不再询问她感情的状况，怕又惹她难过。

不过那天后，我暗地里观察过小Z的状态，却发现她并不像我想象中的那样悲伤和无助，相反，她还是那样充满力量，努力工作，热爱生活。

很久之后，我要离职的那天，约小Z下班后一起喝咖啡。

闲聊中，我知道了后来的一些情况。

分手后的小Z一直在怪男友的突然离开，明明两个人说好了要永远在一起，为何他现在这么现实，接受了家里人安排的一切，放弃了他们的未来。

但小Z是倔强的，虽然心里委屈得要命，但表面上，她还是表现得云淡风轻。为了不让家人朋友看出自己的伤心和无助，她依旧每天坚持读书、写字，努力让自己的生活尽快回归正轨。

怕自己陷入伤心的回忆，她把时间都安排得满满的，健身、学习、工作……

她本来是为了彻底忘掉他，没想到却因此让自己的生活变得更加充实，而自己也变得越来越好。

正好那段时间我们单位里任务大压力重，每天都要加班到凌晨，于是小Z自告奋勇地承担了比其他人更多的工作，加班的时间也是最久的。她说反正她住在公司的宿舍，离得近又是单身，没有人惦记，也不怕回家晚。

小Z还是每天早起晨跑、睡前做一段瑜伽，这是她从来没有放弃过的事情。和以往不同的是，由于工作压力大，她很容易疲惫，有时候做完瑜伽还没等完全脱掉衣服就直接倒下呼呼大睡，累到连回忆的时间都没有。

直到有一天，她突然发现，她已经很久没有想起他了，没有他的陪伴，好像生活也没有很糟，相反，有了更多的时间去充实提升自己，反而更幸福了。

果然啊，时间才是最好的良药。

就在小Z的状态一天天好起来的时候，许久没有消息的前男友却又冒了出来。

原来男生自分手后一直在网上更新自己的状态，希望被小Z看到，但是小Z却像消失了一样，不仅不上QQ，连个人页面都从未更新，男友担心她，于是鼓起勇气拨通了小Z的电话。

"你过得还好吗？"男生问。

"挺好的呀。"小Z说。

"真的好吗？你不要骗我。"男生不甘心地说。

"真挺好的，不说了，我要去工作了，不能接太久的电话。"小Z挂断电话继续工作。

男生听到小Z说自己很好之后，甚不甘心，他原以为小Z这么久不上网、不更新状态是因为太难过了，却没想到离开他之后，她反而变得更好了。

他觉得挫败，接下来的几天，每天晚上睡前都给小Z发信息，诉说自己一天的生活，问小Z有没有睡觉。

小Z明白他们两个人已经分了手，也不可能重新在一起，所以狠下心来，对他任何消息都视而不见。

男生受到这样的冷落，开始变得更疯狂，见缝插针地给小Z打电话，终于把小Z惹急了，直接把他拉进了黑名单。

最后的局面反而变得有趣起来：男生为小Z变得歇斯底里，小Z对男生由一开始的念念不忘慢慢变成了厌恶。

离职两年后，有一天上网，我终于在微博上看到小Z更新了状态。

她牵着一个男生的手，脸上是幸福的笑容，还配了一段文字，是梁静茹的一句歌词，"只要准备好明天的微笑，当你想拥抱，爱总会出其不意静悄悄来到，也许在生命里的某个转角，另一个人会给你默契相同微笑"。

我不知道这条动态有没有被她的前男友看到。

或许他依然关心她，或许他早已取消了对她的关注。

都说爱情里，后放手的那个人最惨，但其实不然。

我们要学会爱，但爱的前提是自爱。

不管你们有过多么刻骨铭心的承诺，当它变质的时候，无论多不舍，你都要勇敢地放弃。就像过期的食物，再喜欢，也要丢掉，一直留着或者吃掉，伤害的是自己。

我们爱一个人的前提，是要好好爱自己。

既然已经不能在一起，那么向前看才是最好的选择，好好说再见，是对已经失去的东西，最好的成全。

等不到他的晚安，就别等了

有一个粉丝在后台给我留言，说她特别爱他的男朋友，简直到了发狂的地步。恨不得自己替他做任何事情，给他任何想要的东西。只要他要，只要她有。

然而最近发生的一件事情，让她有点难过。

男朋友工作出差数日，有好多天因为加班或者应酬，使她迟迟等不来男友的睡前晚安。打他的电话，经常是忙音，发短信过去也要很久才能收到回复。

她不安、猜测、惶恐，她想，是不是他在那边有外遇了？是不是他遇见了比自己更优秀的女孩？是不是他不爱她了？

她想了无数种坏的可能，忍住快夺眶而出的眼泪，抱着最后一丝期待眼巴巴地等，但最终，还是没能等来男友的那句晚安。

辗转反侧一整晚，数羊数到一万零一千，还是未能成眠。

她来问我："他是不是不爱我了？"

正巧前几天，有个男生在我的公众号后台问了一个问题。

他问："大树，打比方说今天你男朋友很忙，早上跟你交代了情况就开始干活了，然后一天没给你发微信和打电话，他九点多下班后才给你打电话，你会生气吗？我昨天就遇到这种情况了，我加班完，结果她就生气不回电话和微信了，到今天都没好……"

我特别能理解他的心情，也特别懂他女朋友的心思。

就像文章开头给我留言的那个粉丝，她爱得毫无保留，爱得掏心掏肺，但是睡前却等不到男友的一句晚安，这令她不安，让她心碎。

而很多男生，估计会像那位听众一样困惑：没有说晚安就是不爱了吗？没有及时回电话或者微信就是淡漠吗？

男女生之间思维和行动的差异，已经有无数作者和文章深刻地剖析过，在这里不再赘述。

但是道理再深刻也敌不过善变的人类，不回你短信未必就是真的有事，没有跟你说晚安可能也真的是觉得你没有他的事情重要。

不能因为这些事胡乱为他扣上莫须有的罪名，但是也不能用这些原因来为男人开脱。

究竟要怎么区分他是否真心实意，至关重要。

大学第一次谈恋爱的时候，是我人生活得最小心翼翼的时光。

那时候天天都要等到他的晚安才会去睡觉。

现在想想当时自己幼稚得可以，那种小说里出现的场景，自己要执拗地照着一模一样地去做。

比如，明知他根本不好意思带出门却还要给他手工缝一个小挂件，硬塞进他手里；明知他喜欢个性，却还要在网上买来情侣装和他一起穿；约定好每晚睡前要听到他的声音和晚安才去睡觉，不然，这一天都不完整。

其实这些都是小女生的心思，我满足的是自己的粉红色的少女心，虽然任何一件事对爱情的发展都不是那么重要，但是在当时的我看来就是要这么有仪式感，非做不可。

有一天晚上，我没能等来他的晚安。

我抱着手机反复确认了手机正常，让舍友给我打了好多个电话确认也没有欠费，我甚至穿着睡衣走到宿舍长长的走廊那边的阳台上，吹着风找更足的信号。

但，手机依旧静静的，用沉默回应我所有的不安。

我忍不住打了电话过去，电话通了，那边是很嘈杂的声音，好像是一个聚会。

他搪塞了几句，然后挂断电话，我还没有来得及说出那句"你还没有跟我说晚安呢"，电话已然挂断了，留给我一连串的"嘟嘟嘟……"。

那一刻，空气凝固了，空中飘浮的细小粉尘都停下来，围观委屈不堪的我。

我执拗地又打了过去，这次，直接被挂断了。

我惊诧了。

这时，之前的不安和一点点郁闷都转为愤怒，我又继续打了第三通，终于听到了那个令人心痛的语音"对不起，您所拨打的电话已关机"。

在所有的电话自动语音中，我最讨厌这一句。

因为它听起来是那么冰冷、决绝，那么没有希望，你连回复一句话的机会都没有。

虽然有想过他很忙，他或许只是忘了，但是这样的结果，还真的从未考虑过。

我也试着为他开脱，但是在事实面前，我只能承认，是我太在乎，他一直在做他自己，而我一直抓得太紧了。

因为太爱了，所以太在乎；因为一直没有安全感，所以太怕失去；因为不被在乎，所以没有安全感。

但在当时我一直没有好好想过这件事，所以觉得只要一个人好好维系，这段感情就可以长久。

"得不到的永远在骚动，被偏爱的都有恃无恐。"

上周末去看陈奕迅在北京的演唱会，满脑子都是他的这句歌词。

那么浅显的道理，但在当时，我死命地不肯承认，觉得肯定是自己哪里不够好，才让他想逃，却忘了，事情的根本，可能是他的不够爱。

所以后来这些年，我心开始变大，一些问题也不再想得太复杂，太敏感对自己毫无益处，我想变得迟钝一些来接受对方传达的爱，如果这样依旧能感受到对方的爱，那我想，就应该是真爱。

所以，对于文章一开始的那个提问"他不再说睡前晚安就是不再爱我了吗？"，我的答复是未必。

如果他只是偶然一天很忙忘了跟你说晚安，平日里依旧对你关怀备至，那就请体谅一下他，蒙上被子早点睡吧，你的安稳是他在忙碌之余最大的慰藉。

而如果你一直都背负着一个"秘密"，你心里清楚但是不愿承认，那么等不来他的晚安时，不必再问，最好的解决方式也是洗洗睡吧。第二天太阳会照常升起，或许你会更清楚地看到自己那颗破碎不堪的心，然后在某一个夕阳西下时，忽然就想明白了自己的出路。

不管爱与不爱，都要对自己好一点。

早点休息，不必苦等他那句晚安。

从今天起，记得每晚都对辛苦一天的自己好好道一声"晚安"。

爱自己永远比等待别人的爱更加重要。

珍惜那个跟你说了晚安就去睡的人

嘀嗒……

挂在墙上的钟表的指针默默走着，已经很晚了，该睡了。

于是你拿起手机，随手回复了一条信息，说："晚安，去睡了。"

然后对方回复你一个瞌睡的表情后，自然中止了聊天。

但你真的睡了吗？并没有，这才哪儿到哪儿，精彩的夜生活才刚刚开始。

于是你顶着一丝丝疲困，依旧撑着双眼，用手机浏览着各个网站，越来越精神，把刚才道过的晚安、承诺过的早睡以及身体的倦怠感全抛到一边，骄傲放纵的你摇身一变成为守夜人，不眠不休。

这是我曾经的状态，相信也是很多人现在的状态。

　　我曾经在节目中解释过此类熬夜心理，大概是现在社会生活节奏太快了，白天我们打了鸡血一样努力工作，丝毫没有放松的时刻；到了夜晚时分整个世界都安静了，心也沉静了。没有了白日里呼啸而过的车水马龙声，没有了菜市场讨价还价的烟火气，没有了你讨厌的人，不用做繁杂的事，于是你慢慢体会到静谧的午夜才是真正属于自己的，这一刻，外面没有别人，只有你自己。

　　见山见水见自己，在历经了白日里的各种嘈杂后，此刻可以安静下来，做一场有关自我的修行。

　　这一刻是找回自己的最佳时间，是灵魂喘息的愉悦时刻。

　　或许是因为这样，现在太多人习惯晚睡，以至于和朋友道了晚安，仅仅代表社交的结束，而自己与自己的对话才刚刚开始。

　　正因为如此，那些真正做到和你道完晚安后，安然去睡的人才显得难能可贵。

　　我有一个朋友叫大猫，他还有一个外号叫熊猫。被称为熊猫，是因为他那双超明显的黑眼圈实在是大得吓人。

　　熊猫爱玩游戏，爱刷夜，爱网聊。

　　总之学校突击检查宿舍时，逮他一逮一个准儿。

被叫了多少次家长都不管用，熊猫依旧我行我素，在网游里逍遥自在，快活地像神仙。

但谁能想到这么一个人，却因为一个小女孩而脱胎换骨。

他女朋友小他一个年级，是他的同系学妹。

难得有女生愿意和他聊天搭讪，他自然喜出望外，在室友的鼓励下终于告白成功，顺利脱单。

本来这应该是件让人开心的事，但上了恋爱这条船后，熊猫却终日郁郁寡欢。室友看他愁眉不展、饭量渐少，还以为他得了什么重病，一问才知道，原来，是女朋友管得太严。

每天玩游戏时间不能超过 1 个小时，要保证按时睡觉，不能刷夜，不能逃课，不能不吃饭。刚开始热恋时熊猫有叫必答，有求必应，但慢慢地，本色渐显，他有点吃不消了。

有一次，他背着女友悄悄逃到学校外面的网吧组队玩网游，结果第二天顶着熊猫眼回学校时，发现女友正怒气冲冲地等在宿舍楼前。

还有一次，晚上和女友道了晚安后，满口答应立马睡觉的他，关掉对话框继续逛空间，神经大条的他还开心地在朋友的状态下留言。

没想到女友也看到了，第二天等待他的，依旧是一张怒气冲冲的脸。

在被女友发现第三次的时候，女友不干了，熊猫也不干了。

女友哭着问他是不是不爱她了，熊猫也满脸愠色地回答："和你在一起太累，以后你别管我了，我爱怎么样就怎么样。"

两个人彻底决裂，从此熊猫又恢复了单身，而且这一恢复，就是五六年。

熊猫现在在一家网络公司搞 IT，是一名程序员。而且，是一名奔三的单身大龄男程序员。

每次见我的时候，他都神秘兮兮地凑到我耳边问我："有没有合适的姑娘，给我介绍介绍啊？"

我嘴上打着哈哈，但肯定不可能把我的姐妹往坑里推。

熊猫工作很努力，但努力之余，有一丝丝的凄凉。他单身一人，工作又忙，又没什么高雅的品位，所以生活上邋遢不讲究，毫无生活质量可言。

我不止一次劝他赶紧留意一下身边的女性朋友，有合适的就赶紧谈，好姑娘剩得不多了。

他总是连连摇头，说："哎，不容易啊，早知道这么难，就把晓蓉留住了。"

晓蓉就是他上学时谈的那个女朋友，就是那个他嫌烦甩掉的女孩子。

我问他是不是后悔了，他点点头说，人就是这么贱吧，失去了才知道珍惜。

他说每次和领导同事聚餐，就得喝酒，明知道喝太多对肝不好，但还是要喝，硬着头皮也得笑。那时候，他特别想念晓蓉，想念她指责他但却是真的关心他的样子。

"说真的，如果她现在出现在我面前，我一定二话不说立马滚回去。"他是真的后悔了。

我说："你现在才醒悟啊，晚啦！"

像熊猫这样的人还有很多，在他身上，我们多多少少都能看到自己的影子。

在这个快节奏的时代，晚睡已经成为我们的习惯。还有多少人记得年少芳心初动时，抱着手机只为等那个人的"晚安"才放心睡去，一整天一定是要用和那人道最后一声再见来作为止点。

每一天，从想念你开始，到和你说晚安结束，你贯穿了我每日生活的始终。绝不是现在，和爱的人说了再见道了晚安后，依旧未眠。

如果有那个等来你一声晚安后，放下手机就去睡觉的人，请相信我，他一定很在意你，你对他而言是一种特殊的存在。

请珍惜跟你说了晚安就去睡的那个人。

年轻人，早点睡。一夜太短，别睡太晚。

余生太长，要和有趣的人在一起

有时候，听别的小情侣说情话，真的也会动心。

有时候，我会爱上别人的爱情。

每天早上去公司之前都会在一家早餐店吃早餐。

有一天，我正在埋头吃包子，对面坐下了一对情侣。

男生问女生："你想吃什么？我去买。"

女生嘟着嘴说："我也不知道，你看着办吧，什么都行。"

男生不一会儿回来了，端来一碗热豆腐脑，还有一屉包子。

两个人边吃边看着对方笑，我在对面尴尬得不行，真想赶紧溜走，不再继续做大大的灯泡。

男生看着女生笑着说:"哎,你慢点吃,少吃点,吃那么多,以后我可养不起你。"

女生愣了一下,然后默默放下筷子,嘀咕着:"好好,那我少吃点嘛,放心不会吃穷你的。"

男生见女生真的不吃了,又温柔地哄了起来,"没事没事,管你饱,胖点更好,这样就不担心你被别人惦记了。"

女生听了又开心地拿起筷子吃了起来,盯着包子两眼放光,对着男生甜甜地笑。

我不禁"扑哧"笑出声来。

意识到自己的失态,我立马捂住嘴巴,用眼神和他们交流了一下。男生看着我笑了,摸着女生的头说:"她啊,就是个小吃货。"

女生立马又不服气了:"哼,才不是!"

"啧啧啧,你这个小胖妞,风太大我都不敢带你出门,要不然别人都被刮跑了,就你没动多丢人。"

女生翻了一个白眼却说不出什么来,索性埋头继续吃,男生则宠溺地笑了。

太甜了啊！

02

以前觉得长得帅的男人特别有魅力，就跟偶像剧一样，每天跟他在一起，光看脸都能满足，梦里还会偷着笑。

所以很长时间内我觉得选男友的第一标准就是颜值。

这几年周围的姐妹们纷纷找了男朋友或老公，有的结了婚成了家。偶尔会和她们约出来聚聚，聊起自己的爱情状态，大家一致认为男人的"有趣"是决定两人幸福的重要因素。

按照我一个朋友的话说："日子已经够枯燥和无聊了，如果再和一个无趣的人在一起，简直是噩梦。"

什么是"有趣"呢？

我在网上看到一个人的回答深表认同：和男人在一起的时候，像个男人；和小孩在一起的时候，像个小孩；和狗在一起的时候，像一条狗。有担当，不失童趣，和一颗善良的心。

我见过太多无趣的人。

之前在大学做社区活动的时候，和一个老奶奶聊天。老奶奶一直跟我抱怨家里烦心事太多，现在有了小孙子还好一些了，前几年过得是真苦。

我问她老伴不好吗。她说不是不好，就是太古板，太无聊。

吃完饭待在家里也不愿意动，拉他一起出门遛个弯他也不愿意，平日里没有什么兴趣爱好，逢年过节也完全不懂得浪漫。

"哎，不过一辈子也就这样了，还能奢求什么呢？"老奶奶的话听起来酸酸的。

03

我有一个朋友刚结婚，每次提起她老公，她都是一脸的幸福。

她老公是她的高中同学，高中毕业后跟她表白，然后两个人就在一起了。

说起表白的细节，她到现在还止不住兴奋和羞涩，"高考后我们两个人还一直保持着联系，他平时学习很好，所以经常帮我补习功课。有一天，他又发了一条有意思的话给我，问我：'请找出这句话的重复字——你是不是喜欢我？'我不假思索地就回复了一个'是'，然后，才反应过来自己掉到陷阱里去了。"

我听得嘴巴都咧到后脑勺了，不停地催着问："还有呢，还有呢？"

"平时生活中也特别浪漫、特别有意思。有几天我睡眠不好，老冒痘痘，我还担心他嫌我变丑了，结果他出差回来后看到了，说我可爱得都冒泡了。"

"还有一次，我们看电视，我不停地跟他说电视里的男主角好高啊、腿好长啊，嫌弃他个子矮，结果你猜他回我什么？"

朋友眨巴着眼睛看着我，笑着说："他竟然说'因为我迷你啊'，可能换成别的小心眼的男人，就直接捋袖子和我吵起来了吧！哈哈！"

我一脸羡慕地看着她，默默吃着狗粮，边吃心里边感叹："真甜，真好吃！"

04

在听过很多别人的爱情、自己也经历过恋爱之后，"有趣"这个关键词在爱情里所占的比重已经完全高过了"颜值"。

跟一个有趣的人在一起太有意思了，哪怕什么都不做，哪儿也不去，两个人待在一起，你看看我，我瞟瞟你，"一言不合"就开始互撕，撕得累了又同时躺下来哈哈大笑，那个瞬间觉得整个人都活得透彻了。

余生很长，和一个有趣的人走完这一生吧。

你有没有不舍得清空和 TA 聊天记录的那个人？

最近我的手机忽然变得很卡。

我看了一下设置里的存储空间，还剩不到 1G。

我去相册里删删减减，扒拉了近大半个小时，删了近百张照片，重新回到设置里去看，居然才空出了几百兆的空间。

然后我又一一打开桌面上的 APP，把所有应用中的缓存文件全部清理了，系统提示我，可用空间提升到了 1.5G，但手机依旧很卡。

我坐在床上很无奈，难不成要重新买一个手机？没办法，上网找攻略，意外地发现一个网友分享的答案：只要把微信聊天记录删掉，存储空间就可以空出一大块。

我忽然想起来，这部手机用了差不多两三年，好像真的从来都没有清理过聊天记录。

随着微信好友的不断增多，无论是工作沟通还是日常跟朋友聊天，几乎都是通过微信保持联络，一来二去，聊天记录积攒得可真不少。

我一一翻看着聊天记录，心里掂量着该删掉哪些，该留下哪些，一时竟然有点为难。

说实话，我一条都不想删。

工作也好，生活也好，聊过的天、说过的话都像是活过的证明，把它们一键删除就好像抹掉了某段时间我存在的痕迹，或者是清除了我和那位朋友之间熟络的证明。全部删掉，会让我某段记忆都变空。

但，不删又没有办法。

于是我终于狠狠心，迈出第一步，先从一些工作伙伴的聊天记录删起，毕竟很多都是工作上的事情，都是有时效性的，事情办完了，一些沟通细节不用一直保留。

接下来，我犹豫着，要不要删掉那些很久不联络的人的聊天记录。

有的朋友已经半年或者一年多没有联络了。

他们中大多都是某次同学聚会见面添加的微信，聊天内容也是简单的几句寒暄，没有太多实际的内容。有的则是一些不经常联络的朋友，有事的时候会聊上几句，没事的时候也绝不会打扰我的生活。

把这些人的聊天内容清空后，我开始认真翻看每一条依然保留在手机上的聊天记录，心里掂量最后的取舍。

在将近一个小时的纠结后，我终于想好了。

我选择了父母和另外两三个最好朋友的聊天记录做了备份，传到了另一部手机上，一切妥当后，我按下了"清空所有聊天内容"按钮。

02

你有没有那个如果换了新手机、也一定要备份和 TA 之间所有聊天记录的人？

如果有，理由又是什么呢？

我备份的几个人中，有父母，也有好友。

但也就仅仅是这几个人，其他人，我想了想，还是全部删除。

都说人生是一个有舍才有得的过程，我们要懂得及时扔掉自己不需要的垃圾，这样才能腾出手去迎接新的礼物。

我想，对于一些自己的情感余杂，也应如此。

就算我们朋友再多、人缘再好，相信内心深处也一定有自己的认知和排名。

就算是在酒场上八面玲珑的交际女，深夜宿醉后回到家里，她也清醒地知道电话可以打给谁，不可以打扰谁。谁会听了自己的哭诉一直陪聊到天明，又是谁会听了自己的苦水转过头和外人泄露并嘲讽。

在这个信息爆炸的时代，我们太容易交到新朋友。

我们可以和新朋友聊现阶段的工作和理想，聊自己目前的处境，一些不方便和旧朋友说的话，可以向新朋友倾诉。

确实，新朋友比任何旧朋友都要懂你现在的立场和感受，因为你们处在同一个圈子里，从认识开始，双方身上就带有某种共同的特征。这种特征决定了你们目前是同一类人，对彼此的处境能够"感同身受"。

但新朋友就算懂得一切，也不见得会给你一个恳切的建议和善意的忠告。

外面的环境太复杂，尤其是毕业后在社会上认识的朋友更是有太多的利益牵扯，他帮了你也许就会让自己吃不上饭，他点拨你一下可能就会让自己彻底失去一个机遇。

而老朋友，由于岁月的流逝，彼此用时间证明了这份情谊的忠贞，即使不能时刻在你身边默默守护，但当你有事求助，对方定会义不容辞地鼎力相助。老朋友就像陈年腊肉，时间越久，味道越醇厚，越嚼越有味。

所以我们现在都有一种深深的体会：衣服新的好，朋友旧的好。新人永远不如故友。

03

和父母的聊天记录是我感触最深的。

老爸自从开通微信以来，和我聊天不超过十句话，他不喜欢打太多文字，他擅长扮演一个守护者，在我需要的时候及时出现，在我顺利的时候默默围观，他不说话，但我知道他一直都在。

虽然和他的聊天记录特别少，但我依旧备份了下来，并且觉得那是我最应该保存的记忆。

里面有他发给我的，前年夏天，我带爸妈去三亚过年的时候，他在一旁偷拍的我和我妈的合影；有他在我过生日的时候发来的"女儿，生日快乐"；有他在某次北京异常天气的时候发来的"听说北京明天大暴雨，出门小心"；有他在某一次我给他打电话他没接到后，发来的解释"刚才在开车，要不要我现在给你打过来"。

而我和我妈的聊天记录就多了。

有一次，我在国外机场免税店给她买了一些礼物回来，她收到我的快递后一连发了五六条超级长的语音，我还以为是她不满意，紧张地点开听完后，我终于安下心来。原来她在不停地说："这些礼物正是我现在需要的，太贴心了。"

万年不发朋友圈只转载心灵鸡汤的她，破天荒地在那天把所有的礼物拍了照，发了朋友圈，并且配文字说："我有一个贴心的小棉袄。"

我笑她怎么这次这么高调了，平时我发张炫耀的图片还要被她追着说不好，她却理直气壮地说："怎么啦？女儿给我买东西啦，我高兴。"

每一条聊天记录都是一幅有声音会活动的画面，除了照片之外，只有这些琐碎的聊天记录能够证明，你和他之间所经历过的所有感动与怀念。

04

我的人生还在继续，新空出来的手机储存空间自然还会被新的聊天记录所填满，直到某年某月某天，手机再次"抗议"，我不得不再次纠结哪些聊天记录是可以删去的，哪些则必须要备份。

但不可否认的是，我心里其实早已有了答案。

亲爱的，若让你现在也要清空手机聊天记录，在你心里，也有必须要备份的那个人吗？

其实，你是在跟自己的想象谈恋爱

01

看过一部电影。讲的是男主角特别喜欢女主角，苦苦追求了好久，终于等到女生松口答应。

但女生是比较浪漫和理想主义的，她所追求的爱情是电视剧里演的那样，男友霸道中带着一点温柔，时不时地送朵花，给她一个惊喜，生日的时候送上准备许久的贵重礼物，在她需要的时候必须随叫随到。

男主角尽力去做了，但难免还是有力不从心的时候。有一次，由于堵车，晚了几个小时才接到她，女主角觉得他太怠慢了，于是闹着要分手。

男主角也受够了她的脾气，他虽然依旧爱她，但还是选择了离开。

她想象中的爱情是他所不能给的，既然不能给她幸福，还不如离开。

女主角依旧固执，偏执地认为自己没有遇到对的人。

她依旧生活在自己的幻想里，渴望能够拥有电视剧中那样完美的男友，他温柔、体贴、帅气，能满足自己对于浪漫的所有幻想，以及对于幸福生活的渴望。

多年后，男女主角在街头重逢。

彼时，男主角身边已有了另一个女孩的陪伴，他们笑着闹着，眼里是满满的爱意。

而女主角依旧孑然一人，容貌早就不比当年。看着幸福的两个人，女主角忽然明白，原来并非是男友不好，而是自己太荒谬。

她生生地错过了这样好的一个男人，全因当时自己满脑子的各种标准。她一直以来都生活在自己的幻想中，而对于现实生活，她选择了闭上眼，假装它不存在。

02

上大学的时候认识了一位特别迷恋韩剧的女生朋友。

那个时候和她一起上课，我们坐同桌，她每次都在自己的课本下面偷偷藏一本韩国明星的杂志，看到自己喜欢的，忍不住就捂嘴偷偷狂叫，使劲扯我的衣袖，和我分享她男主角的帅气迷人和她按捺不住的激动。

我经常笑她："你这样喜欢他，会不会找男朋友的时候标准太高，不好找啊？"

她撇撇嘴，说："没准啊，你说我要是找不到满意的怎么办？肯定感觉谁都没有我的男主角好啊！"

说实话我还挺担心她的。

怕她和其他追星的粉丝一样，海报贴满屋，搜集各种花边新闻，眼里只有自己的偶像，心里住着的也只能是那个男人，再也容不下其他人。

但，没想到，毕业后她竟然是我周围朋友中最早结婚的。

我接到她即将新婚的电话时，完全惊呆了。

我问："你老公肯定很帅，要不然怎么能入你的眼？怎么能比得过你心里的那个男主角？"

她羞涩地说："我老公就是一般人，毕业后和他在一个单位上班，没有其他什么原因，就是觉得我们挺有缘分的，他对我也挺好，我们就在一起了。"

我还是不相信她说的，我觉得那个男人肯定有过人之处，不然不可能让她轻易动了心。

婚宴上，我第一次见到了她的老公，当时惊讶得下巴都要掉了。

真的是一个很普通的男人，并不是说人家普通就不好，而是我无法想象这男人究竟有什么魅力能够让她点头答应嫁给他，从此一辈子与他风雨同舟，且开心知足。

我看准一个机会把她拉到身边，悄悄地问："你老公挺好的，不过你之前不是说喜欢上了你的男主角，男友标准提高了，觉得自己很难嫁吗？"

她笑着说："以前是那样觉得的，但是，我也不知道为什么，他跟我求婚我就答应了，可能觉得还是要实际点，不能心太高，也不能太虚幻。男主角想想就好啦，他还是我的偶像，是我的一盏灯，我会努力让自己和他一样优秀，同时我也会过好本属于我自己的小日子，脚踏实地地生活。"

听完她的话，我由衷地佩服眼前这个普通却有大智慧的女孩子。

她把想象和现实分得很清楚，也明白自己现在身处的环境，知道要怎样努力创造幸福生活，也能把握住那个对她好、能给她一生幸福的男人。

新郎敬了一圈酒后有些醉了，见我们在聊天，笑着走过来，跟我说："以后常来我家做客啊，小美说我做的红烧鱼特别好吃，有机会你也来尝尝！"

我笑着说："好啊好啊，以后好好照顾她，有你我就放心啦！"

这真是一段让人心安的爱情，两个人都脚踏实地，也共同仰望天空。

没有花里胡哨的形式，没有那种摆一圈蜡烛示爱、拿个大喇叭在楼下告白的套路，有的只有两个人想要一起过日子的心，还有那个以后可以一起喜欢的韩国偶像。那个少女曾经在青春年少时芳心暗许、永远忘不掉的梦还在延续，谁说它不能和现实并存呢？

03

好的爱情可以让两个人共同成长，而太多要求的爱情，则会让彼此伤痕累累。

她觉得他应该时刻陪伴她、照顾她的一切情绪；而他觉得她就应该待在家里看好孩子、做好家务。

她觉得他应该长得像韩剧男主角一样帅；他觉得她应该像林志玲一样温柔。

她觉得他应该有好听的声音，每天叫自己起床；他觉得她应该八面玲珑，能带出去见朋友，也能带回家下厨房。

她觉得他应该阳光、热爱运动、会十项全能；他觉得她应该貌美如花、勤俭持家、赡养父母……

有太多要求的爱情已经失衡，它已不再纯粹，已变成某种交易。

但就像那句话所说的："我手里拿着剑，就不能拥抱你。但我若放下剑，就不能保护你。"

每个人都有自己必须面对的处境，我们不能像电视剧那样每一幕排练多次，再完美上演。我们必须接受我们爱的人不是超人，无法为你上天入地；可他在你身边，能给你最真实的温暖，那是你幻想的剧中人无法做到的。

愿你今后面对爱情，不要少了不甘、多了嫌烦，亲爱的，哪有那么多恰到好处的陪伴。

Part 04

很高兴你能来，不遗憾你离开

　　我们都曾掏心掏肺不计得失爱过一个人，不管结局如何，彼此照亮过，也被温暖过。随着时间的流逝，爱也会成长，好好说再见，是对过去最好的成全。

跟你这种人，除了恋爱没什么好谈的

01

苏小瑾和沈黎第一次见面是在当年学校组织的一次课外活动上。

当时全校的高一年级学生被要求前往一处安全教育基地接受安全教育，一头雾水的学生们抵达目的地后才豁然开朗，原来是溺水后的自救及他救教学。

学校地处沿海，由于每年假期都有不少溺水事件发生，所以学会游泳以及学会溺水后的抢救成了学校的必学课程。

当时小瑾被班级的同学推选为代表进行示范，而沈黎则被身边"无情"的同学起哄推了出来作为不会游泳急需抢救的溺水的模特。

　　小瑾呆呆地看着眼前这个高高大大的男孩，竟然有点手足无措。

　　要不是老师在旁边催促："小瑾，快跟同学们演示一下刚刚学到的抢救溺水者的方法——人工呼吸！"小瑾可能会一直这么脑袋空白地蒙下去，不知如何是好。

　　"可是老师，他是个男生……"小瑾红着脸低下了头。

　　"男生怎么啦？人命最重要！咳咳，大家也要记住，以后遇到有人溺水这样危险的情况，脑子里一定不能有其他乱七八糟的念头，救人要紧！早一秒钟可能就能挽救一个人的生命！"老师说得慷慨激昂，越来越起范儿。

　　沈黎躺在地上眨眨眼，看了一眼小瑾，又赶紧把眼睛闭上。

　　小瑾心里又羞又气，抿抿嘴，心一横。快速地演示完一整套安全动作，然后飞也似的逃回队伍里。

　　从那以后，每次遇见沈黎，小瑾总是躲得远远的。她不想看见这个人，每次看见他，总能想起来那次又羞又尴尬的人工呼吸示范演习。

她想，老师真是太认真了，干吗非要自己做这样的事情？

她想，以后都不要和这个人有任何交集才好。

02

不料，安全教育一个月后，学校就有一个人溺水了。

当时正是暑假，小瑾约好了朋友一起骑车去图书馆借书，就在两人边说笑边往图书馆走的路上，忽然听到旁边有个人大叫："哎呀，不好啦，有人溺水啦！"

小瑾立马停下来，扭头看过去，发现就在离自己不到一百米远的地方，有个人在扯着嗓子大呼"救命"，然后陆陆续续有一些人围了过去。

小瑾立马扔下车子和朋友说了句"帮我看一下"，然后飞奔过去，穿过围观的人群，发现湖中心有一个人正在奋力扑腾，看样子不谙水性且身体已经失去平衡，情况十分危急。

小瑾猛地扎进水里，惹得围观的众人"啊"的一声惊叫，还没等众人反应过来，她已经游到那人的身边，使劲地扯着他往岸边游。

有几个围观的小青年反应过来后，也赶紧跳下水帮小瑾拉人，在众人的帮助下，终于把溺水的人拖到了岸上。

这时候小瑾才看清楚溺水人的脸，居然是沈黎!

小瑾当时就蒙了，这时众人开始纷纷议论，得先帮他把呛的水压出来吧，可是问了一圈，大家都纷纷摇头表示不会，最后把目光聚集在小瑾身上，"小姑娘，你会吧？学校教过吗？"

小瑾叹了一口气后，把所有的胡思乱想先暂且抛到一边，开始有节奏地按压沈黎的胸部，用标准的姿势再次为他做了人工呼吸。

沈黎吐了一口水后终于醒了过来，众人长嘘一口气纷纷散去，小瑾呆呆地坐在原地，眼圈有点泛红。

沈黎慢慢起身，虚弱地挠了挠头，正想对小瑾说一些感谢的话，却看到了她发红的眼眶，吓了一跳，连忙问："怎么啦？你不舒服吗？"

小瑾摇摇头，咬着嘴唇不说话。

沈黎有点着急了："那你怎么啦？你告诉我啊。"

小瑾叹了一口气："你没事就好。"然后起身准备走。

沈黎着急地拉住她："你到底怎么啦？哭什么？"

小瑾咬紧嘴唇，想了想，最终还是控制不住地爆发了："还不都是因为你！我是女孩子，这两次要不是迫不得已，谁会愿意做这样的事？"说着眼泪便掉了下来，委屈得要命。

沈黎又好笑又无奈地说："好了好了，都怪我，今天确实要谢谢你帮我，不然，鬼知道有什么后果呢！你这也算是做了好事，要高兴的！"

小瑾一个拳头打过来："高兴你个大头鬼，以后不要再遇见你就谢天谢地了！"

然后站起来拧了一下衣服的水，如落汤鸡一样歪歪扭扭地走了。

沈黎目送小瑾远去的身影，坐着怔怔地发呆。

03

小瑾依旧躲着沈黎，凡是听说沈黎在的地方，她都逃得远远的。

身边了解这两次事情原委的同学，知道小瑾为什么这样，而一些不知道的同学却开始在背后传起了风言风语。

"听说一班的苏小瑾对三班的大帅哥沈黎有意思啊！"

"啊？是吗？你怎么知道的？"

"听说她占了他两次便宜呢！呃……就是那个！你看现在苏小

瑾遇见沈黎可害羞了，都躲着走，听说两个人的家也顺路呢！"

"是吗？怪不得沈黎现在总在苏小瑾上体育课的时候出来打篮球，敢情这两人这就开始了啊！"

一来二去，这些流言就传到了小瑾的耳朵里，她简直难以置信。

"什么？我和沈黎？编笑话也要编得好笑一些好不好？"小瑾嗤之以鼻，没有理会。

但是传言不但没有因为她的置之不理而销声匿迹，反而日渐甚嚣尘上。

现在连在食堂打饭，两个人排在同一条队伍时，都能听见有人窃窃私语："哎，你看，他们两个人一起打饭呢！"

"就是，我看是约好的吧！不然哪能那么凑巧？"

小瑾目不斜视，充耳不闻。

打完饭后她端着餐盘找了一个偏僻的位置坐下，戴上耳机沉浸在自己的世界中享受午餐。

她完全没有发现自己身边的氛围变得更加暧昧了。

正当她吃完准备摘下耳机离开的时候，转过脸忽然看到邻座那个熟悉的身影，她不禁惊得心脏都要跳了出来，差一点就喊了出来。

是的，是沈黎！此刻他正坐在她右边隔了一个座位，细嚼慢咽地吃着午餐，看起来十分轻松愉悦。

见小瑾发现了他，他微笑地向她挥挥手，打了个招呼："嗨！"

小瑾眼前一黑，差点晕过去，端菜的手都有点不稳了，晃了一下。

沈黎挑挑眉毛："哎呀，别晕倒啊，晕倒了我还得救你……不过也好，也算还你个人情啦！"

小瑾简直要打人了！

04

从那以后，小瑾发现沈黎经常会出现在自己身边。

她经过仔细考证，发现关于他俩的传言和绯闻中，有些并非空穴来风。

比如，沈黎真的会在她每次上体育课的时候出现在篮球场打篮球，每天都会和朋友一起走在她放学回家的路上，中午去食堂打饭的时候经常和她排一条队伍或者是相邻的队伍，吃饭时经常坐在她一抬头就能看到的位置。

　　不过，经过小瑾大胆假设和小心求证，小瑾最终认为，这不过是自己太"在意"他而导致的注意力太集中而已。

　　比如，自己一心想要避开他，便要确认他在不在附近；不想见到他，所以一闲下来就警惕地观察周围有没有他的身影等等。

　　她暗自窃喜自己终于解脱了，就在她认为以后大可不必在意沈黎的存在，也不必为了那些传言而忧心的时候，却发现沈黎不见了。

　　这几日篮球场上不再有沈黎的身影，食堂打饭的队伍中也再难觅他的踪迹，放学的时候小瑾一直盯着路边却始终看不到他的身影。

　　小瑾觉得要疯了。怎么之前天天见觉得烦，而现在看不到了却觉得那么不安？

　　她再次小心求证后，又得出了一个可怕的结论：并非她不再关注他而感觉不到他的存在，而是他真的不见了。

　　于是小瑾开始小心翼翼地去问那些平日里传自己八卦的女生："哎，你们有没有注意到最近都看不到沈黎了？"

　　那些女生像看奇怪的生物一样看着她："这应该问问你啊，你不是最清楚吗？"

"哎呀，我们没什么关系啦，我也不清楚，真的！"

那些女生用半信半疑的眼神打量她："那你为什么关心这个？"

小瑾哑口无言。

有个妹子好心地偷偷在她耳边告诉她："听说沈黎休学了。"

"嗯？什么？"小瑾惊了。

前阵子不是还好好的吗？怎么忽然就……他成绩也没有不好啊，他也没有打架啊，他们家也不是动不动就移民国外那种富贵人家啊，那他怎么会休学呢？

小瑾做了很多种设想，最终都一一推翻了。

她不明白为什么沈黎要休学，不清楚到底发生了什么事。

她甚至有些后悔之前对他的不闻不问，如果自己平时能够和他做朋友，吃饭的时候聊上几句，可能就知道原因了。

她有些恨自己的胆小和内向，思来想去，她觉得沈黎也没有做错什么啊？自己不应该那样对他。

……

她陷入了深深的自责中。

05

　　小瑾每次上体育课的时候还是会有意无意地瞥一眼篮球场，每天排队打饭的时候总会四处张望，放学回家的时候总是要慢慢骑车，但是都没有看到那个熟悉的身影。

　　她想，可能他真的已经转学了吧，可能她再也见不到他了吧。想到这里，小瑾竟有些难过，她自己以前也没有发现，原来沈黎在她之前的生活中虽然连朋友都算不上，但在她心里的位置却比朋友还重要。

　　如果他能回来的话，她想好好和他说话；如果还能再见到他，她想亲自去问问他……

　　问他什么？小瑾被自己的念头吓到了。问他为什么会消失？但那和自己又有什么关系呢？或者问些别的？

　　想到这里，小瑾又红着脸低下了头。

06

　　"高中时期的生活真是枯燥又乏味啊！"小瑾心里这样想着，

一边转着笔望着窗外，一边等待上课铃的响起。

"小瑾小瑾！重大消息！"同班一个女生气喘吁吁地跑进教室，直奔小瑾的方向飞来。

"怎么啦？又看到哪个帅哥了？"小瑾心不在焉地问道。

"是啊，是看到帅哥啦！沈黎，沈黎回来啦！"

"啪"的一声，正在转动的笔掉在了纸上，小瑾呆住了。

"你说什么？"她难以置信。

"我是说沈黎，沈黎回来啦！你的沈黎！"

附近听到的同学齐刷刷看过来，纷纷哈哈大笑。小瑾红着脸小声嘟囔："什么我的沈黎啊，就说是沈黎就好啦！"

"好好好，沈黎回来了，我刚才上厕所回来见他正往他们教室方向走，千真万确！我可是第一时间向你传达这一最新消息哦，别怪我没有告诉你。"

忽然，窗外吹来一阵微风，吹翻了几页试卷纸，掀动得纸上的那支笔骨碌碌地滚着掉落在了地上。

小瑾并没有弯腰去捡，原本平静的心湖被刚才的那阵微风吹皱了心事，一圈圈地荡开心形的涟漪。

07

　　果然，吃午饭的时候小瑾再次见到了沈黎。

　　她故意提前打好饭找了一处没人的角落坐下来，不出意外，沈黎跟随而来，坐在小瑾对面的对面。

　　小瑾定了定神，抬头往沈黎的方向望去，趁他往这边望的时候和他摆摆手，示意他坐过来。

　　沈黎受宠若惊，再三确认小瑾确实指的是自己之后，便端着托盘坐在了小瑾对面。

　　两个人第一次坐这么近吃午饭，彼此都有些尴尬。

　　小瑾清了一下嗓子，镇定地问："前几天怎么没见到你？"

　　沈黎一脸惊讶："你怎么知道？你每天都在找我吗？"

　　小瑾连忙说："没有没有，听别人说的，听说你休学了？"

　　沈黎说："哈？这是谁传的？这是咒我呢？"

　　小瑾一脸疑惑："那你去干吗了？"

　　沈黎说："你告诉我，你为什么想要知道，我就告诉你。"

　　小瑾红了脸不再说话，只顾埋头吃饭。

200

　　沈黎看着她的样子，觉得又可爱又好笑，"是不是这几天我不在，你还不习惯了？我还以为你讨厌我呢。"

　　"才没有讨厌你。"小瑾低着头闷闷地说，"只是……"

　　"只是什么？"沈黎饶有兴致。

　　"只是……哎呀！之前两次和你都有身体接触，觉得怪不好意思的，你可别多想。"

　　"哦，这样啊，我看多想的人是你吧。"沈黎笑着斜眼看她。

　　"哎呀，不跟你说了。"小瑾羞红了脸准备端起托盘就走。

　　"别别别，我不逗你了。"沈黎心情大好，"我没有休学，我只是前几天去其他城市参加了一个比赛而已。"

　　"比赛？"小瑾好奇地坐了下来，继续问，"什么比赛？"

　　"这个……这个可不能告诉你。"沈黎干咳了两声，"你知道了肯定要打我的。"

　　"哦？"小瑾越发好奇了。

　　"什么比赛不能和我讲？"小瑾继续追问。

　　"哎呀，你别问啦，反正就是比赛挺顺利，我也不会转学，毕竟以后还要继续烦你呢。"沈黎暧昧地看着小瑾笑。

　　小瑾的脸又红成了苹果。

08

然后小瑾和沈黎就如同传言中的那样在一起了。

顿时新的传言又冒出来了，"哼，我就说他们俩早就在一起了吧！死小瑾嘴硬还不承认！"

"就是！我看啊，是小瑾先追的沈黎吧！明明那么在意，却还总说讨厌，女人啊，总是这么口是心非！"

小瑾听了后不再狡辩，毕竟自己已经和沈黎牵手踩过大马路，遇见过 N 多拨同学，她觉得再解释已经没有任何意义了。

沈黎听到后却高兴坏了，逢人便说："小瑾先对我有意思的呢！哥的魅力老大了！"

每次难免惹得小瑾一顿拳头乱揍，沈黎却乐在其中。

有一次，沈黎又在小瑾面前嘚瑟，小瑾受不了了一手抓过他的书包扔在地上，"告诉你啊，别太嚣张！你要是再嚣张，我就……"

"就怎么样？"沈黎继续逗她。

"我就……"小瑾忽然瞥见地上的书包里滑出的一堆书本，其中好像还夹杂着一张奖状。

小瑾好奇地蹲下来细看究竟，沈黎反应过来想要抢回来的时候已经晚了。小瑾定睛一看，是沈黎在xx市青少年游泳比赛中获得一等奖的奖状。

小瑾惊得张大嘴巴，他们俩第一次见面她给他做溺水的人工呼吸演示，以及那年假期在路边偶然救了溺水的沈黎的画面不断在眼前闪现——原来他会游泳，原来这一直就是个阴谋！

小瑾怒气冲冲地冲沈黎挥舞着手里的奖状，沈黎尴尬得直挠头。

小瑾说："你要是再嚣张，我就把这件事情说出去，把你那年怎么装溺水的情景一五一十地和大家讲清楚！"

沈黎立马跪下了："好的，我错了，我甘愿受罚。"

小瑾摇摇头："哎，像你这种人我和你都没话讲。"

沈黎抬起头又继续嬉皮笑脸地说："哎，不过像你这种人，除了恋爱，我好像也没有什么好谈的。"

小瑾的脸又红了。

我恨我自己，不够温暖你

"你已走到海角天边，而我还在穿鞋，甚至连鞋带都绑不好。"舍友轻轻念出这句书上的句子，夏小小听见了，心里一惊。

她立马问："作者是谁？"

舍友没反应过来，半天才回过神来，说："嗯……不知道。你问这个做什么？"

夏小小想起了她的邱先生。

好像在分手的时候，邱先生就是大步流星地在前面走着，而小小却只能远远望着他的背影，直到他的背影也消失了，才慢慢蹲在地上，抱着膝盖，像小猫一样"呜呜"地哭出来，泪眼蒙眬中发现，自己的鞋带不知什么时候也散开了。

她很想喊住邱先生，抬起头不见人影才意识到，他们已经分了手。

夏小小和邱先生是大学时同学介绍认识的。

当时是在一场两所学校的联谊会上，夏小小被众人推出来硬着头皮唱了一首歌，正好那天所有的歌曲都要求必须是合唱，有一个男生便自告奋勇地举手说："我来和你一起唱。"

举手的男生就是邱先生。后来他就成了夏小小的男朋友。

那天他俩一起合唱的歌曲，两个人后来每次想起，总会忍不住"嘿嘿"地傻笑，是那首《一个像夏天一个像秋天》。

夏小小和邱先生在得知了彼此的姓名后，简直要被这种缘分惊呆了。

邱先生全名邱云超，夏小小给他起了一个外号"邱大石"。

为什么叫大石呢？

因为小小说，他整个人看起来很高大壮实，安全又可靠，看起来像一块大大的石头，所以称他为"大石"。

大石真的很让人踏实。

小小以前睡觉怕黑，每次睡前舍友关灯的时候，是小小最纠结的时刻。

但后来有了大石，两人随时在线聊天，手机屏幕发出阵阵微光，即使宿舍一片漆黑，但夏小小的床铺内也依旧有暖暖的光亮，让人安心。

大石还经常买一些小零食哄小小开心。

冬天他会早起提前去图书馆占位置；夏天会去热气腾腾的水房打水，放在小小宿舍楼下。

有了大石，小小觉得一切都变得简单起来了。

但是有一点，小小会觉得两个人稍微不一样。

大石喜欢交际，朋友很多，身边有很多称兄道弟的人并且喜欢组各种局；而小小从小就是独生女，习惯了一个人，不擅长交际，也不爱凑热闹。

兄弟们都知道大石有了女朋友，但却没有一个人见过这位女生，于是经常撺掇大石把女朋友约出来，让大伙认一认这位未来的嫂子或弟妹，大石摸摸脑勺，说："她不爱这样的热闹，我问问她吧。"

　　每次夏小小都断然拒绝这样的聚会，她是一个喜欢安静的女孩子，以前周末的娱乐活动也无非是和一两个舍友逛逛街、看看电影，聚会也只是宿舍内部小聚，不爱出席人多的聚会或者交朋友的派对。

　　那次和邱先生认识的联谊会还是班长硬逼着她去的，磨了她好几天，还承诺免费给她们宿舍送一个星期的开水，小小这才勉强点头答应下来。

　　在她印象中，在大学里，自己好像再也没有参加过其他热闹的聚会了。

　　所以夏小小拒绝了邱先生的邀请，她不好意思地说："抱歉，你知道的，我不善交际，也不爱热闹。"

　　邱先生便没有再逼迫她，每次都是独自赴宴，少不了被兄弟们嘲笑和数落，但他也不以为意。

　　不过有一次晚上很晚了，夏小小左等右等，等了好久也不见邱先生发来回宿舍的短信，于是忍不住打电话过去，却没人接。

　　夏小小想了想，披上衣服跑到邱先生宿舍楼下，坐在旁边的椅子上，准备就直接在那儿等邱先生。

很久很久，也不见邱先生的身影。直到快午夜十二点，小小终于听到一些轻微的脚步声向这边走来，她转头望了过去，隐约看到一群人往这边走。

"可能邱先生就在这群人中吧！"夏小小心想，然后拨通了邱先生的电话。

果然听到一阵熟悉的电话铃声传来。不过，电话那边无人接听。

夏小小正觉得奇怪的时候，那群人已经走得很近了。小小分辨出了，在最中间被人搀着的就是邱先生。

她心里一惊，连忙冲过去，不好意思地问旁边的男生："那个……不好意思，这个是邱云超吗？"

"啊，对，是啊，你是谁？"

"哦，我是他的女朋友，我叫夏小小。"

那群男人互相使了个眼色，然后其中一个搀着他的人笑着说："原来你就是他那神秘的女朋友啊！今天终于见到真人了，太好了！这家伙喝得有点多，正好把他交给你了，你来帮他醒醒酒吧，我们先闪人啦！"

说完，一群人把邱先生往座椅上一撂，迅速消失在了黑暗的夜色中。

小小看着躺倒在座椅上的邱先生，感觉有点陌生，原来不在她身边时，他喝醉时，是这个样子啊。

小小把邱先生扶正了，轻轻地唤他："喂，邱大石！醒醒……"

邱先生慢慢地睁开眼睛，眼珠红红的，看了看眼前的小小，醉醺醺地笑着说："啊，是小小啊，你怎么在这儿？"

小小嗔怪道："你还问我，你怎么喝那么多？"

邱先生揉揉眼睛，说："哦，今天有个师姐请客，她考上研究生要离开了，我们这些学弟一起给她送行，不知不觉就喝多了。"

小小说："如果你觉得太累了，就先回宿舍休息去吧。"

邱先生点点头："好……我现在头有点晕，那我就先回去了，你能自己回去吧？"

小小点点头，然后搀着邱先生来到男生宿舍楼门口，把他交给了宿管阿姨。

宿管阿姨用一种嫌弃的眼神看着她说："哎哟，这股子酒味儿……你们还知道回来啊。"

小小红着脸和邱先生说了拜拜后就飞快逃走了。那一夜，她彻夜未眠。

　　第二天见到邱先生已经是下午了。

　　邱先生一觉睡到下午两点多，打电话给小小的时候，小小已经上完了下午的必修课。

　　邱先生说："我们在食堂呢，你过来吧，就是昨天和我一起回来的那些兄弟，你已经见过的。"

　　小小挪着小碎步，慢慢地移到了食堂。她心跳得很快，心里后悔自己今天早上偷懒没有洗头换衣裳。

　　众人见到小小的到来各种起哄，闹得食堂里其他的同学纷纷侧目，搞得小小又一阵脸红。

　　好不容易平静下来，小小只顾着低头吃饭，完全不敢抬头和其他人有目光接触。

　　有一个男生却率先发问了："哎，我说弟妹，你家教也有点太松了吧，昨天那样的场合你都不跟过去吗？就不怕你家大邱被人拐了去？"

　　邱先生立马捶了他一下，狠狠地说："就你话多，我家小小可不是那样的人。"

　　小小听了这话，心生疑惑，昨天邱先生说的不是给师姐送行吗？

怎么听这个人的话，感觉……

小小也没有多问，赔着笑小声说："大邱才不会呢！"又惹来众人一阵"咦……"的起哄。

饭后，其他人各自散去，只留小小和邱先生两人。

小小谨慎地问："刚才他们说的那些话是什么意思？什么叫'昨天那样的场合'？"

邱先生说："哦，就是昨天还有一个师妹在场，她是我们系的，知道我去非要跟了去。"

"噢？是什么样的师妹？"小小很好奇。

"之前暗示过喜欢我的，不过我对她可没那个意思啊，你别多想。"

小小心里开始风起云涌。

邱先生有一个对他有好感的小师妹？以前怎么没听他提起过？那师妹现在还喜欢他吗？应该喜欢吧，不然昨天为什么还跟去了呢？可是邱先生说对她没感觉啊，那应该就不用太担心了吧……

小小想了好几天，脑子都要炸掉了。

她觉得自己要濒临崩溃的时候，终于坐不住了，托自己宿舍一个妹子，向邱先生班级里的一个熟人打听，问了下邱先生和那个师妹的八卦。

据知情人说他确实有一个师妹很喜欢邱先生，而且追了快两年了。

那个师妹是学生社团的干事，性格和邱先生一样很开朗，喜欢交际，基本上邱先生的朋友，她都认识，也都玩得来。

"那现在呢？现在他们两个是什么状态？"小小揪着心着急地问舍友。

"现在……现在就还是同学关系吧，那个师妹听说邱先生有女朋友了，虽然没有更多的动作，但也还是没有完全放下，现在两个人应该就是和以前一样的状态吧。"舍友说。

"噢。"小小听完，心里更难受了。

女孩子，最受不了的就是有其他女孩子和自己的男友保持暧昧不清的关系。

倒不是说邱先生不好，而是他身边有这颗随时会爆炸的隐形炸弹，让人怎么能安下心来。

小小后来和邱先生聊过几次这个问题，每次邱先生给她的答案就是，她只是师妹，一个系的同学抬头不见低头见的，总不能天天躲着她吧，而且她也并没有对他做出什么事情来，表白也都是以前的事了。

小小勉强接受了这样的解释。

她想，也是，都是一个系的，要邱先生怎么做呢？难不成为了自己这点介意，让他换院系或者换学校？不现实啊！

小小依旧和邱先生谈着恋爱，手牵手走在校园里。小小依旧不爱交际活在自己的小世界里，但邱先生已经是某个社团的负责人了，并且还想要进学生会做干部。

就在小小觉得那个师妹不会对她有什么威胁的时候，危机出现了。

邱先生由于忙于社团活动忽略了课业，期末的选修课论文未能达到老师的要求，面临挂科的风险。

小小得知这个消息的时候，已经很晚了，邱先生在电话里语气沮丧，整个人都像失去了斗志。

小小问："不能找老师好好聊一聊，让他给你一次修改的机会吗？"

邱先生说："我今天白天去找过老师，不过好像，事情并没有转圜的余地。"

小小着急得在宿舍里直转圈。她想了一圈自己身边并没有和那个老师认识的朋友，自己也并不认识选修那个老师课的同学，并且邱先生院系里的同学，她也一个不认识。

她想打听一下事情现在是什么情况，还有没有转圜的可能，但她不知道该问谁。就算是面对邱先生，她也只能在电话里不停地说："你别着急，一定会有办法的。"

就在小小为邱先生着急的时候，两天后她接到了邱先生的短信："事情解决了，放心。"

邱先生说，是他那个师妹正好有一个师兄也选修了那个老师的课，而且师兄成绩很好，还是他们院系的干部，和那个老师关系也不错，于是就替邱先生说了一句好话。结果老师答应给邱先生一次修改论文的机会，并且在那个师兄的帮助下，他的论文顺利通过了评测，不会挂科了。

小小听了先是舒了一口气，再然后就是深深的担忧。

她没有再去问邱先生关于那个师妹的其他事情，她怕他说她小心眼，说她想太多。

但是从那之后小小便开始留意有关于那个女生的消息。比如，她参加的活动，小小也报名参加，并且通过她身边的人打听关于那个女生的林林总总的信息。

经过许多天费心的打探，她终于得来了一些有用的信息——那个女生目前还是对邱先生有好感，而且在学业上确实帮了邱先生不少。邱先生的朋友也对那个女孩大加赞赏，甚至有人私底下说："我看啊，老邱和那个小师妹在一起也不差嘛！"

这话直直地戳进了小小的心窝。她最害怕听的话，还是听到了。她不知道邱先生有没有过这样的念头，但他应该什么都明白吧。

他现在之所以还和她还在一起，可能是因为他真的喜欢她，又或者……小小不敢想。

随着毕业临近，两个人的学业越来越紧张，见面的次数由每天一次变成了每周一次。

很多时候邱先生都是在校外参加院系安排的实习活动，而小小依旧宅在宿舍做考研模拟题。

关于未来，两个人并没有深入探讨过。

小小知道，邱先生应该准备毕业后直接工作了，他朋友多、人缘广，现在已经有很多公司向他伸来橄榄枝；而自己呢，则没有太多想法，父母让她好好准备考本校研究生，她也就点点头默认了。

她知道，和邱先生一起实习的，依旧有那个爱慕他的学妹。

她闭上眼睛回想了这些年和邱先生在一起的种种，突然发现，自己太没用了，一直生活在自己的小圈子里，对于邱先生和他周围的一切，了解得太少。

邱先生喜欢和朋友去哪个餐厅、哪个酒馆？

邱先生喜欢喝什么口味的酒？是经常喝啤酒还是白酒还是红酒？

邱先生会不会容易喝醉？他喝醉后是会胡言乱语还是会呼呼大睡？

邱先生喝醉后有没有呼喊过她的姓名？邱先生和朋友们都是怎么认识的？他们以后会在一个城市奋斗还是会分开？

邱先生领导的社团怎么样了？社员们都是怎么评价他的？他们害怕他吗？还是会把他当朋友？

社团里有没有妹子也喜欢他？他身边的朋友是不是都知道他的女朋友是自己，是夏小小？

小小越想越害怕，忽然觉得自己和邱先生之间隔一条好大的鸿沟。

她以为经营好和他的恋爱，两个人就可以稳妥过日子，可是却忽略了邱先生也有需要自己的时候，以及可能会有需要自己帮忙的时刻。

可是自己什么都帮不上啊。

就连毕业后的实习，都是邱先生自己努力争取、认真挑选的，这中间师妹给过他不少诚恳的建议和意见，帮他一起分析过未来的形势。可这些小小都做不到。

小小只能每天抱着手里的考研书本，一筹莫展。这一刻，她感觉到了深深的失败。

后来终于到了毕业那天，邱先生要去另一个城市工作了。

虽然离现在的城市并不远，然而小小还是冷静地说了分手。

意料之中地，邱先生点点头，答应了。虽说是意料之中，但也算意料之外吧。

其实小小心里，还是不愿意接受这样的结局。

分手那天，小小让邱先生先走。邱先生犹豫了一下，然后转过身，一步步离她越来越远。直到看不到他的身影了，小小才蹲下身来抱住自己，头埋在臂弯里，像小猫一样"呜呜"地哭了。

泪眼婆娑中，她看到鞋带开了。她刚想喊："大石，回来给我系鞋带！"却猛然意识到，她的大石，再也不会回来了。

他已经大步流星地走到了山的那头，而自己却还蹲在原地，鞋带散落一地，已无力打结。

这场恋爱，她输得彻底，她想或许一开始两个人的相遇就是错的，也或许，中途有挽回的余地，但自己生生错过了。

研究生的生活不紧不慢，日子云淡风轻。小小也逐渐习惯了一个人的生活。

有一天在宿舍看书看累了，她下楼去离宿舍最近的小卖部买水喝，在一个货架转弯后，她忽然看到了一个熟悉的身影。

她捂住嘴，按住剧烈跳动的心，努力让自己平静下来。是大石，还有他的那个师妹，两个人在有说有笑地买罐头。

她躲了起来，不想被他看到。她选了一条自认为能避开的小路躲了出去，结果，正和他撞了个满怀。

大石睁大眼睛看着眼前这个惊慌失措的女子，眼神里充满了复杂的情绪。

旁边的师妹好奇地问："哎，这是谁？你们认识？"

小小忽然想起来，她和师妹没有见过面，师妹不认得她。

她稍微缓了口气，镇定地和邱先生打招呼说："嗨，好久不见。"

邱先生也点头回应，说："好久不见！"

小小没有再继续说话，准备赶紧走掉。

但就在擦肩而过的刹那，邱先生拉住了她，快速往她的购物篮里放了一件东西，然后和师妹走了。小小一看，是她和他以前最爱吃的某个牌子的方便面。

她愣在原地，眼泪再次汹涌而出。

那个曾经懂她口味、疼她、宠她的邱先生，以后恐怕只能在梦中相见了。小小恨自己，曾经没有给他想要的陪伴和温暖。

爱情需要的原来不仅仅是陪伴，还有经营。

从此山高路远，只愿君多多珍重。

"你会陪我多久？" "葬你身边够不够？"

01

安宇第一次见到唐茶茶的时候，茶茶正在费劲地开自行车锁。

时值炎夏晌午，被烤疯了的蝉一个个趴在树上癫狂地号叫，地上的柏油路踩上去也热得烫脚。

看茶茶使了吃奶的劲儿，车锁依旧岿然不动地傲娇高冷，安宇在一旁轻声问："要不……我来试试？"

茶茶一惊，回头才发现自己身后不知道什么时候站了一个男生。

"啊，好的，谢谢！前几天下雨，车锁可能有点锈了，一直拧不动……"

安宇直接上手，用力地把钥匙插进去晃了几下车锁，"啪"的一声，开了。

唐茶茶感激不尽："真是太谢谢你了！要不是遇到你，我还真不知道该怎么办了。"

"嗨，客气什么！"安宇扬扬眉，一脸的真诚和有点按捺不住的欢喜，"男生嘛，就应该做这种事情的！"

"对了，我叫任安宇，你叫什么？"

"我叫唐茶茶，是外国语学院的，你呢？"

"理学院的。"

唐茶茶着急回家，匆匆挥别了安宇，便骑车离开了。

安宇望着茶茶骑车远去的身影和被风吹拂的飘逸长发，陷入了沉思。

02

安宇帮唐茶茶开了车锁。

这一消息被一些好事的同学看到，迅速地在学校里传播开了。

没等安宇踏进宿舍门，就被一个连脸都没看清的人莫名其妙地迅速拉到一角进行了严肃的审讯。

"听说你刚才帮唐茶茶开车锁了，你和她说话了？"

安宇晃过神来，定眼一看，原来是宿舍老二。

"嗨，你说刚才那个女生啊？哦对，是叫什么茶茶，刚才她车锁生锈了，我帮她拧开了。"

老二脸色骤变，一脸嫉妒和愤怒："我去！你这是什么运气啊？我好不容易找人把她的车锁弄得费点劲才能打开，没想到你乘虚而入！"

"啊？什么乘虚而入？"安宇一头雾水。

老二摇摇头，说："本来是我要假装路过帮她开锁的，谁知道她今天家里有急事，没等下课就匆忙骑车回家了，哎，没有算好啊……不过，为什么你会在那里？"老二一脸狐疑。

安宇也不知道该怎么解释。

他确实是去图书馆借书回来恰好路过车棚，恰好看到了唐茶茶很费劲地在开车锁，恰好他又帮了她的忙，谁知道她就是老二朝思暮想的女神啊。

想到这里，他恍然大悟，怪不得刚才看那女孩觉得很面熟，老觉得哪里见过，原来是在老二的手机里，老二手机锁屏的图片就是从茶茶微博上保存下来的自拍照。

自己心里的疑团终于解开了，但还是未能逃过老二鄙视又羡慕的眼神。

安宇耸耸肩，一脸无辜。

老二骂骂咧咧地走了，走时还不忘猛捶了安宇一拳。

晚上宿舍熄灯后，老二聊起来白天这件事，兄弟们纷纷为老二鸣不平："你知道老二等这一天等多久了吗？有这机会你得赶紧打电话叫老二过来！"

安宇一脸委屈，说："我哪知道那就是老二的女神！"

不过听完兄弟们讲的关于茶茶的事情后，他又回忆了一遍白天遇到她时的场景。

但是好像，记忆最深的也就是茶茶骑车离去时长发飘逸的背影。具体什么模样，由于当时太匆忙，他也没注意。

他决定，下次遇见，一定要好好看看。

03

大三下学期的选修课，由于安宇手速太慢，只选到了冷门的哲学。

他叹了口气后，万念俱灰地去上课。果然没有太高人气，教室里的上座率也就三成。

安宇找了最后一排的座位坐下来，戴上耳机开始听歌。

上课铃响了，安宇摘下耳机，翻开课本准备上课。

忽然，旁边的座位好像有个人闯了过来坐下，气喘吁吁、匆匆忙忙的。

安宇扭过头看向右边，差点大声叫了出来，但理智告诉他这是在课堂上，于是他压低了声音，凑了过去，小声地问："唐茶茶？"

女孩子依旧是一脸惊慌的表情，和他们第一次遇见的时候一样。

"哎！是你？"

安宇还处于有点懵的状态，"怎么，你也选了这门课？"

茶茶说："对啊，我平时就很喜欢哲学，你呢？"

"哦哦，我也是。"

安宇说完心虚地低下了头，把脸扭向一边，一边暗想怎么那么巧，一边在心里咒骂自己居然在女生面前第一次说了言不由衷的话。

然后整堂课，两个人之间再无交流。

茶茶听得很认真，一直在做笔记；而安宇，也认真地在听讲。他忽然有点怀疑自己，居然能听自己平生最讨厌的哲学课，并且听得如此认真。

04

碍于宿舍老二对茶茶女神的痴迷爱恋，安宇一直没和他坦白自己其实和茶茶选修了同一门课，并且还经常坐同桌。

安宇知道如果他说了这件事，一定会在宿舍引起轩然大波，还有可能招来老二对自己的怨念。

但纸包不住火。

茶茶女神在选修课经常和一个男生同坐一张课桌的事情，被八卦的同学看到，又暗暗传开了。

"唐茶茶好像有男朋友了！"

"啊，真的啊，好像那个安宇也是理学院的大才子呢！"

"两个人真是配啊！你说他们俩是谁追的谁？"

一时间，唐茶茶和安宇的绯闻传得人尽皆知。安宇从来没想过自己居然这么火。其实，搭上唐茶茶，不想火都难。

唐茶茶当年以第一名的成绩考进外语学院，性格好、身材好、长得漂亮，还多才多艺，学院里每次活动的主持都是她来担任，不仅如此，她也经常参加各种表演。

宿舍老二对茶茶的迷恋不无道理。当年新生晚会上，茶茶在台上唱了一首《遇见》并且被评为当晚最佳节目之一后，"唐茶茶"这个名字就已经深深烙在了众多迷男的心里。

但是安宇不知道。

安宇当时还在图书馆看书自习。

他一向对这些演出活动毫无兴趣，每日沉溺在古文的书籍中，幻想自己前世是一名贵公子，舞文弄墨，挥剑作诗。

所以，关于"唐茶茶"的一切，他一无所知。

但现在，被传和唐茶茶是那种关系，他竟一时手足无措。

他不明白自己的心意，也不知道唐茶茶是怎么想的。

下次再见面，会不会很尴尬？

结果再一次上选修课的时候，安宇松了口气，觉得是自己想多了。

唐茶茶一如既往地大大方方坐在他的旁边，认真听讲做笔记，丝毫没有异样。

他偶尔会偷瞄一下茶茶，再三确认，茶茶真的没有任何异常。

他舒了口气。

他问茶茶："哎，最近你有听说过一些流言吗？"

"流言？什么流言？"

"哦，就是……也没有什么。"安宇忽然羞红了脸，低下头去。

茶茶看他的样子乐了，"什么吗？说出来听听。"

"没有没有。"

05

毕业后，唐茶茶去了国外一家外贸公司工作，当翻译。

而安宇则找了一份文学研究的工作，每日喝喝茶品品诗，甚为清闲。

周围的朋友给安宇介绍了不下一百个女朋友，但奇怪没有一个安宇看得上的。

最终朋友们愤怒了，"你究竟要找个什么样的？"

安宇想了想，说："得会唱歌会跳舞，长得漂亮身材好，性格还要温柔。"

大家纷纷昏厥，"臭小子，看来你这还是不着急不想找！哪有这样十全十美的人？别做梦了！"

安宇慢悠悠地说："有的有的，有这样的人，我见过。"

朋友们试探，"哦，那是你心里已经有人了吗？"

安宇沉思，"也不是，只是我觉得有那样一个人的话，是最好的。"

安宇也不知道怎么了，以前他对茶茶的记忆从没有那么强烈过。

自从毕业后茶茶送了他一本笔记，说是她这些年比较喜欢的文学句子的摘抄，知道他喜欢文学就送给他了，那以后，每次安宇翻开书本的时候，都能想起茶茶送他笔记时的场景。

"我走了啊，可能要出国一年，也可能就留在那儿了。"

"哦，好的，那你自己好好保重，对了，这是老二让我交给你的花儿。"

"谢谢，帮我跟那个男生说声谢谢吧。这本笔记里的句子我很喜欢，你要是没有灵感的时候，可以多翻开看看。"

"好。"

06

安宇有一天又想到了和茶茶最后一次见面的场景。然后他想到了那本笔记，翻箱倒柜了很久终于找到了。

那是一本淡绿色的笔记本，翻开扉页，上面写着"唐茶茶"三个字。

那一刻安宇脑子里关于茶茶的一切，历历在目。

想到了他们初见时的车棚，还有每一次上选修课茶茶认真听讲、两个人打闹时的场景。

安宇又翻了几页，说实话自从唐茶茶把这本笔记交给他后，他还未曾认真看过，只觉得是一定要收藏好的东西，拿到手就匆匆放在家里最隐蔽的位置了。

安宇一直往后翻，里面摘抄的有情诗，也有动人的句子。娟秀的字迹、淡淡的墨香，安宇隐隐动心。翻到最后一页，安宇忽然愣住了。

他难以置信地拿近看了看，又揉了揉眼睛，不相信自己看到的一切。他用手指着，一个字一个字地读了出来："你是我内心深处，一个温暖而又倔强的秘密。"

安宇脑门上冒出好多个问号。这句话什么意思？说给他的吗？

忽然他呼吸急促，全身冒汗，他疯狂地打电话询问唐茶茶的联系方式，他迫不及待要找到她问个清楚。

07

"喂？你好，你是哪位？"电话那边传来了熟悉甜美的声音。

"喂，茶茶，我是安宇。"那边沉默了几秒钟。

"噢，安宇啊，好久不见啊，找我有什么事吗？"

"噢，也没有……"

安宇忽然不知该如何启齿。就像当年在选修课上，安宇最终还是没能问茶茶听没听说他俩的绯闻。

"你那边现在应该是深夜？真抱歉这么晚打给你。"

"哈哈，没关系，我正好有个文件要翻译一下，没有打扰到我。"

"那个……"安宇决定这次鼓起勇气。

但是他并没有问出他刚刚想的那句话。而是问了一个本该在多年前，在选修课上，问出的让他有点害羞的问题。

"那个……当年大家都传我们俩在一起了，这事你知道吗？"

"我知道呀！"

"那时候我就想问你，你是怎么看的？"安宇满脸通红，心想幸好茶茶看不到。

"哈哈，你打电话来就是想问我这个啊？笨蛋，那个绯闻就是我传出来的啊！"

"啊？"

"是我舍友问我最近是不是在谈恋爱，我说是啊，后来他们就传我们俩，我也没有否认，我还以为你也懂的。"

安宇忽然觉得自己蠢死了。

原本大学时候就能拥有的一段美好的爱情，生生被自己的怯懦毁了。

安宇有点惊慌和埋怨，"那你怎么不告诉我呢？"

茶茶笑着说："我哪知道你什么意思，我还以为你讨厌我呢！"

安宇说："我怎么会讨厌你？其实你知道吗，毕业临走时，那束花不是老二送的，那是我自己买的。"

这次轮到茶茶发呆了，"啊？那你怎么不说？"

安宇说："你也没问啊，而且你要出国了，我怎么好意思让你留下来。"

……

两个人一阵沉默。

08

几个月后茶茶回国了。

茶茶回来的消息震惊了整个校友圈。本来茶茶临走时放下豪言壮语说这辈子可能就留在国外了，邀请大家出国时找她玩，可……这才不到两年，她就回国了。

原因只有安宇知道。

安宇去机场接茶茶的时候，茶茶正在机场出口东张西望地找人。她穿了一身白色连衣裙，身材比以前更出挑了，而且化了淡妆，看起来楚楚动人。安宇正在发呆欣赏的时候，茶茶看见了安宇，拼命地挥手示意。

两个人坐上车，茶茶止不住咯咯地笑。

安宇看着她，竟不知为何，也心情大好，带着笑意问："干吗笑成这样？"

茶茶嗔笑着说："笑你傻呀！"

安宇说："以后我都不会让你离开我身边了。"

茶茶侧头看他，问："你这次要陪我多久？"

安宇说："一辈子。"

茶茶说："可是人总有死去的那一天啊。"

安宇笑着说："那我葬你身边够不够？"

又是一个炎夏晌午，车窗外被烤疯了的蝉在拼命地号叫，柏油马路上热得冒出了油。

而车窗内却是另一番风景。茶茶看着安宇，笑了。

你是我自罚三杯也不肯说出口的秘密

那些年的林夏心里装了一个人。

学校高中部每天的学业都很紧张，尽管林夏知道要抓紧时间备战高考，但是还是在面对一个女孩借自己的衣服穿时，沦陷了。

女生是隔壁班的，叫作丁莘莘，他们认识，是因为彼此的爸妈是高中同学，很熟络。

所以莘莘爸妈经常带她去林夏家做客，或者林夏的父母带他去莘莘家打麻将、聊天。

大人们聊天的时候，孩子们却略显尴尬。

一男一女，尴尬地同在一个房间，连喘气声都显得无所适从。

经常是苒苒打破这种僵局，她会说"林哥，你们班数学作业多不多？"或者"那天我下课在走廊，看见你和同学一起打闹啦！"。

林夏一般会回复一句"哦"轻轻带过，然后拿出来自己的军事期刊，一板一眼地认真阅读。

苒苒是他们班上数一数二学习好的女孩，再加上懂礼貌、尊敬老师、团结同学，在学校特别讨喜。

而林夏则是班里出了名的"小霸王"，不爱写作业，上课不听讲，染了一身的江湖气，倒是有一些个人魅力，身边聚集了一些称呼他为"林哥"的、愿意听他号令去跟别班男生互打的小弟。

但这些在苒苒看来，并不是什么威风的事，她反而觉得，林夏始终是个幼稚的小孩。

平时林夏爸妈问苒苒"林夏在学校表现怎么样"的时候，看着林夏从他爸妈身后飘过来的眼神提示，苒苒心里偷笑，装作不知道的样子回答："不是一个班的，还真不清楚呢，不过应该不错吧。"

日子本该就这样平淡地过去。

乖乖女和"小霸王"之间的友情本应如此毫无牵扯地维持下去。

直到有一天苒苒急匆匆跑到林夏的教室，慌慌张张让同学把林夏喊出来。

本来林夏还昂着头颠着小碎步淡定地往外走，但是看到苒苒神色慌张的样子，还是破功了，急忙跑过去问她怎么了。

苒苒红着脸低着头问林夏："那个……能借我你衣服一下吗？我下午就能还你。"

林夏说："好啊……不过你要衣服做什么？"

苒苒扯了扯自己的衣角，努力地往下拉，想要遮住什么似的，林夏忽然懂了。

他立马转身回座位上拿了自己的衣服，然后走出教室塞到苒苒手里。苒苒接过来低声说了句"谢谢"，然后飞快跑开了。

不知道为什么，以前见苒苒的时候都是在家里，两个人各自做各自的事情，客厅里大人们在聊着天，从来没有多想过什么，也从来没有在意过什么。

可这次……

回到座位后的林夏有些心乱了，他晃晃头想要努力静下来，但是看着窗外被微风吹动的树叶，思绪更乱了。

或许这个处于青春期的男孩还未曾想过什么是喜欢什么是爱。他的心像二月的燕子一样自在，像三月的柳絮一样纷乱，但在这纷纷扰扰中忽然有一天一个不小心，可能就过了界，心也就收不回来了。

后来苒苒还衣服给他的时候，他认真地看了一下眼前这个女孩子的睫毛、眼睛、鼻子和嘴巴。

从未如此近距离地观察过，也从未这样认真地端详过，更从未这样心跳加速过。

苒苒笑着说："谢谢啦！"然后就跑开了。

林夏站在原地，一遍遍回味着刚才苒苒说过的话，还有她留在空气中的淡淡香气。

林夏在那儿傻傻地待了很久。

高中的课业一天比一天繁重，压力也一天比一天大。

苒苒不再经常去林夏家做客，林夏最后一次在父母口中听到苒苒的名字是他妈妈说："你看人家苒苒天天在家用功复习，都没时间出来玩了，你学学人家。"

林夏破天荒地问妈妈："丁苒苒想报哪个学校？"

妈妈有些惊诧林夏的反问，平日里一副吊儿郎当的样子，他竟然破天荒对学习感兴趣，于是趁机说："肯定是好学校，所以你赶紧好好复习。"

夏日的风是温暖的，树上的蝉是躁动的，教室里的风扇还是吱呀地转着。不同的是，风扇下的苒苒在拼命做题；而隔壁班的林夏则继续望着窗外发呆。

高考结束后，大家都松了一口气，各班同学都相邀一起去吃散伙饭，顺便缅怀一下终结的高中时代。

那天晚上林夏在饭店看到了苒苒的身影，好奇跟过去打听了一下才知道，原来他们两个班的聚会选在了同一家饭店同一个大厅不同桌。

林夏的心又开始躁动起来，眼神不断向苒苒的方向瞟。

很快坐在林夏身边的同学发现了他的不对劲，顺着他眼神的方向看过去，也发现了苒苒班正在邻桌聚餐。

同学笑了起来，大声说："好巧，两个班在一起聚餐，咱们去和他们打个招呼吧！"

于是一个班来参加聚会的二十多人纷纷拿起酒杯，走向邻桌，共祝毕业万岁。

林夏也缓缓站起来，拿起酒杯，加满酒后，慢慢朝苒苒走去。

"来，干杯！"

"友谊万岁，毕业万岁！"

"祝大家都能考上理想的大学！"

"今天不醉不归！"

……

大家轮番敬酒，喝得好不热闹，没有人注意到林夏认真看着苒苒的眼神。

他举起酒杯，冲着苒苒微笑，然后抬头一饮而尽。

酒后大家不甚尽兴，意犹未尽的几个同学拉着大家凑了一桌准备玩游戏。

林夏第一个被拉过来，他酒意上头，已经有一些微微醉了。后面还差几个人，林夏说："那个谁，丁苒苒，一起来玩啊！"

大家吓了一跳，林夏什么时候和苒苒这么熟的？

苒苒听到了看向林夏，笑着说："好啊，林哥哥。"

两个人在众人惊诧怀疑的眼神中赚足了关注，最终还是苒苒解释说由于两家父母都认识，所以两人自幼就很熟悉了。

一个哥们儿拍着林夏的肩说："没看出来啊，林夏，有你的！"

林夏笑着没有解释，张罗着玩游戏，是玩真心话大冒险。

青春期的孩子们对八卦比较感兴趣，所以问的问题一般都是"觉得哪个老师最讨厌""喜欢什么样的男孩或者女生""有没有喜欢的人"，几轮过后林夏输了，虽然大家都怂恿他选大冒险，好让他去隔壁桌调戏一下班花妹子，但他却执意选择了真心话。

有一个女生问："高中这几年，有没有对女生动过心？"

大家纷纷起哄，一个哥们儿跳出来说："我们林哥那可是冷血小霸王，女生都没正眼看过，我看要动心，也是对男生吧！"

全场爆笑。

林夏也跟着哈哈大笑，看着大家笑着闹着，又看了看旁边一样开心大笑的苒苒，表情慢慢变得认真起来，等到大家笑够了稍微静一些的时候，他一字一句说："当然。"

当然？

当然什么？

当然心动过还是当然像朋友说的那样？

没有人问也没有在意。

大家继续着真心话大冒险的游戏，苒苒依旧笑得很开心，林夏依旧在一杯杯不停地和朋友喝酒。

可能每个男孩子想要证明自己成熟和长大的方式都避免不了喝酒吧，看看谁喝最多杯、看看谁能坚持到最后不醉。

然而当林夏再次面临选择受罚的时候，他已经醉醺醺了。

"是选择真心话还是大冒险？"

"大冒险是要自罚三杯哟，哈哈！"

大家本以为这次能逼他讲出究竟心动的女孩是谁，不管是真是假，都可以尽情起哄，但这次他选择了自罚三杯。

他颤巍巍站起来，依旧笑着，对着桌上所有人说："我干了，大家随意。"

大家从未看过这样的林夏。

印象中的他都是狡猾的、聪明的，能哄得别人喝好多而自己却可全身而退。但这次，他选择了自罚三杯。谁也不知道发生了什么，总觉得哪里不太对。

然而这些很杂乱的猜测和情绪很快又被大家的喧闹声淹没了，没有人在意他为谁而喝，更不会去问他正在保守着什么秘密。

苒苒眼看着他的眼神越来越迷离，实在看不下去了，来到他身边扶着他说："你喝太多啦，阿姨该生气了，要不先回家吧，以后再聚。"

林夏看着她的眼睛，很久后又笑着推开她说："没关系，我很清醒的。"

听说那天林夏是被好几个人扶着回家的，回到家后他睡得昏天暗地，不省人事。

听说那天林夏把手机落在了饭店，后来饭店工作人员联系了其中一个同学，让其帮忙物归原主。

听说那位同学在查看手机的时候，屏幕停留在短信编辑页面，上面打了几个字："祝大学顺利，珍重。"

想发给谁不知道，只知道这条短信写了删，删了写，草稿箱里已经堆了不下十条编辑好未发出的短信。

后来苒苒考上了心仪的大学，而林夏成绩不尽如人意，选择复读。

在两家父母为苒苒庆祝送行的宴会上，林夏一言不发，全程黑脸。

爸妈以为林夏是因为没考好心情差，也就没有说什么。苒苒也客气地祝林夏来年再战，夺取佳绩。

林夏只顾低着头翻看自己的手机，一言不发。席间他去外面放风，恰巧遇见苒苒刚从洗手间出来要返回筵席。

难得两个人单独相处，苒苒走过去，笑着说："加油啊！"

林夏问："明年如果考得好的话，可不可以去找你？"

苒苒一愣，然后说："当然啦！一个学校有认识的人也很不错啊！"

林夏点点头，说："好。"

苒苒不太明白，接着追问："干吗这么深沉？平日的小霸王哪去啦？"

林夏想了想，说："一会儿告诉你。"苒苒听得又一愣。

看苒苒傻站着的样子,林夏笑了,揉了揉她的头,说:"愣着干吗?赶紧回去吧,爸妈等你呢!"

苒苒呆呆地点了一下头,然后疑惑地看着他,回去了。

林夏望着苒苒远去的背影,又低头看了看手机,犹豫了一下,还是点了发送键。

苒苒刚坐下,手机"叮"的一声,收到一条短信。

"你是我自罚三杯也不肯说出口的秘密。"

若故事从头开始，我会爱你依旧

栗子是一个乡下姑娘。有一次我回姥姥家，在村口必经的一棵大榕树下，一眼就看到了这个笑得合不拢口的姑娘。

她当时伸出手臂拦下了我们的车，朝我走过来。我好奇又疑惑地问妈妈："她是谁？"

我妈笑着说："她啊，在你姥姥家附近住，妈妈死得早，爸爸在外打工，她就跟着爷爷奶奶过，和你一样大，也该上五年级了。"

妈妈刚说完，她已经站在车窗外了。她示意我把车窗摇下来，我摇下车窗后，她羞涩地笑了一下，把什么东西放进了我的口袋，然后挥挥手，转身跳开了。

我掏出来一看，是一朵特别好看的木棉花。从那时起，我和她就成了朋友。

后来我问她为什么要在村口榕树下等我。

她说也没有特意等我，只是那天刚巧看到我了。平日里就听爷爷奶奶说起过，说隔壁邻居家有个在城里上学的姐姐，成绩很好，让她向我学习。我之前回去过几次，她见过我于是就认得了。这次刚好遇见就想把刚捡的特别好看的花送给我，也没想好要怎么打招呼，反正就是想和我做朋友。

我一听乐了，觉得这姑娘真直爽可爱。我说："好，以后咱们就是好朋友了。"

她听了兴奋地点点头，怕我说话不算数，还特意和我拉了钩。

后来，我们一起长大。

我们也并非联系密切，那时候我们都没有手机，所以只能趁我放假回姥姥家时见上一面。

高二那年暑假，我终于又在姥姥家见到了她。她已经出落得俊秀大方，是个大姑娘了。

我问她："最近过得还好吗？"她摇摇头，说："不好。"

我问："为什么？"然后她就和我说了她和超哥的事情。

超哥是她同校隔壁班的男生，成绩不是很好。

因为她父母都不在身边，只有爷爷奶奶照顾，所以班里很多同学都欺负她，善良的她也只能忍着，默不作声。

有一次下课后，她走在走廊中，旁边又传来一些女生小声的嘀咕："你看她穿的那个鞋多土。""衣服好多天没换了吧，也是，只有这一套，没有可以换的啊。""书包背得都漏个洞了，也不知道补一下。"……

一句句难听的话刺在她心里，她使劲憋着还是没憋住，眼泪唰地就下来了。

她正默默加速走着，想赶紧离开的时候，忽然，一声高亢的男声让她不由得停下了脚步。她听见那个声音说："你们是不是没事闲的啊？"

她猛地抬头顺着声音的方向望去，是隔壁班的一个男生，叫刘超。

她感激又羞愧地看着他，不知所措。

那男生径直走过来，拉着她的手说："别理她们，走！"

那一秒，她的灵魂出窍了，她不知道自己是怎么被拽走的，更不知道自己到了什么地方。

等她反应过来，男生已经把她拥入怀里了。她一下子挣脱开，但是却被男生抱得更紧了。

男生小声说："别怕，以后有我在，没有人会欺负你了。"

那一刻，她的心狂跳不已。她知道，他把她的心俘获了。

然后她就和超哥恋爱了。

这本该是件让人开心的事情，但两个人在一起没多久，超哥家里人就准备让他去当兵。这意味着，两个人要分开了。

两人都是农村人，成绩也不好，超哥说去当兵以后没准还有个出路，而且，自己也挺想穿上军装给栗子看的。

栗子咬了咬嘴唇，默默地点点头。

她问："要去多久？"

他说："说不好。"

她问："什么时候走？"

他说："不知道。"

就在两个人都以为还有大把时间去准备分别时，忽然有一天阿超不辞而别，甚至没有时间约栗子出来说句再见。

栗子是第二天上学没有见到阿超，一问才知道，昨晚他亲戚特意开车来把他接走了，说是要去某个城市做参军前的准备。

"哪个城市？"栗子问。同学说，不知道。

栗子的心忽然间空了。

她就这样一直等啊等，等啊等，终于等来了阿超的来信。

他在信里说这段时间一直在做参军准备，受家人和亲戚的看管没有机会和她联系，现在自己好不容易有个机会可以写信给栗子。

栗子边看边哭，她太想他了。

但是看到最后，栗子哭得更伤心了。

信里写："我不知道我这一走要几年，可能没有时间回去看你、照顾你了。如果你有其他更好的选择，就别管我了，你想嫁人就嫁吧。"

栗子知道他这是为自己好，但是死活不接受他的提议。

她回了一封长长的信，最后三个字是：我等你。

但是信寄过去后仿若石沉大海，一直没有回音。

自此之后，我后来好几次见到栗子的时候，问起来最近有没有阿超的消息。她总是难过地摇摇头，什么话也不讲。

我也只好搂搂她的肩，对她说加油。

然后时间一晃就是好多年，上大学期间我也没有和她联系。工作后有一次抽空去姥姥家，左寻右找都不见栗子的身影，问起姥姥家的亲戚，才知道她已经嫁到外村了。

我很惊讶，问起阿超，老家的亲戚说根本就不知道有这么一个人。

我忽然想起，亲戚们并不知道她和阿超的事情，那只是她以前和我分享的一个小秘密。

我求亲戚们找了很久，才找到了那个村能联系上的一个人家的电话。

我打通了，那边问："找谁？"

我说："你好，我想找栗子，您认识她吗？"

他说："哦，栗子啊，你等等，我看看她在不在屋外。"

然后电话放了好久好久，我以为那个大叔忘了这件事的时候，电话那端终于有人说话了，依旧是那个我记忆里熟悉的声音："喂？谁找我？"

我按捺住心里的激动："你还记得我不？猜猜看？"

那边愣了一下，小声说："是你？"

"嗯。"

"真的是你啊！"

她激动不已。

我们聊了很久，我问了她最近的情况，问她这几年过得好不好。她说挺好的，前几年就嫁到这边来了，男人对她挺好，现在有了一个儿子，挺幸福的。

我小心翼翼地问："那阿超……你们还有联系吗？"

她沉默了几秒钟，再说话时竟带着哭腔："他啊，没了。"

"什么没了？"

"人没了。"

"啊？"

我万万没想到结局居然是这样。

然后她就和我讲了后来发生的事。

原来有一次阿超和战友被派去办理一起毒品案，他最先冲进了毒枭的老巢，带领队友们把嫌疑人都控制住了。

他们往回走的时候，忽然有一个人突袭了阿超，要抢他的枪，虽然他及时抵抗，但还是在混乱中被那人的同伙射中一发子弹，穿过胸口，送去医院的时候人已经不行了。

他临走的最后一句话是让队友转给栗子的："告诉她,别等我了。"

我听栗子讲完，一个人躲在房间号啕大哭。外面人群熙攘，没有人知道我有多难过，更没有人能懂栗子的那份心痛。

虽然他早已告诉过她不要等了，她却从来没有停止过想念和等待，但等了那么久还是没有等来他的身影。

栗子说，最后他被送回了家乡，她终于见到了他。

下葬那天，她写了一封信放在他身边，愿能陪他一起上路。

那封信上只有一句话：若故事从头开始，我会爱你依旧。

我说所有的酒，都不如你

上大学时，学校一个很隐蔽的角落里有一家小酒馆。

印象中好像叫星期五。

大学时期我是那里的常客。

不过我之所以发现它的存在，是因为一个人——冷虎。

冷虎是我在文学社认识的一个富有文艺气质的高冷男子，大一时，我第一次参加文学社迎新聚会，那么多人，我唯一记住的人是冷虎。

我没有记住他的长相，但是却记住了他的声音。

冷虎之所以被叫作冷虎，是因为他很高冷，名字里又有一个虎字，所以最后社长做总结的时候，打趣地说："我们这位新同学很高冷啊，阿虎阿虎，真是只冷虎。希望能在本社团找到暖化你心的那位可人儿。"

全场哄堂大笑，阿虎脸上红扑扑的，特别可爱。

他不自然地接过话筒，依旧是冷冰冰的一句话："但愿。"

我几乎全程都在自己座位上默念台词，生怕上台因紧张而忘词，因此几乎没留意过其他同学，唯独冷虎在台上的这几分钟，让我好奇地抬起头，没办法，他的气场真是太冷了。

当时我们联络的社交工具还只有校内网。

有一次我登录的时候，发现界面上"你可能熟悉的人"中，有冷虎的头像。

出于好奇，我加了他为好友，很快便收到了好友添加成功的消息。

于是我点进他的页面，怀着一颗八卦的心，津津有味地看他的相册。果然，连照片都那么文艺，那么高冷。几乎每张图都是黑白色调的，偶有几张酷炫的自拍也被调成了冷到不行的颜色。

"这可真是一个傲娇的男人啊！"我心想。

很快我注意到他发了一条状态："我在学校的小酒馆喝着酒想你，你在远方的晨光中，春风十里。"

我甚觉文艺，品了好一会儿，忍不住在下面留言："学校里哪有小酒馆？"

很快便收到了他的回复："就在排球场这边，犄角旮旯处。"

"酒不醉人人自醉？"

"花不迷人人自迷。"

我按捺不住，立马穿好衣服撒腿就往他所说的犄角旮旯处狂奔。我倒要看看，这是一个怎样的醉人之处。之前在学校里就没听人提起过，也从来没去过。

我沿着排球场的小路找了许久，终于看到了他所说的在"犄角旮旯处"的一个小酒馆。怪不得没听说过，实在太不显眼了。

我推门而入，门上系的铃铛发出阵阵清脆的声音。我抬眼寻找，第一眼看见的，就是他安坐一角独自饮酒的身影。

是冷虎！他看见我，招了招手。

我面对他坐下，说："行啊，你小子平时不显山不露水的，还好这口。"

他说："好像算起来，这是我们第一次正式见面？"

我笑着说："是是是，你这人大家都说太高冷，我现在和你坐这么近都觉得寒气逼人。"

他说："那咱俩换个位置，你坐我这边。"

我说："为什么？"

他说："我这边挨着暖气。"

……

一阵无语。

果然，是一个冷气场十足的男人。

我干咳了几声跳过刚才的话题，说："你一个人喝酒？怎么了？心情不好？"

"嗯，对。"

"为什么？"

"因为想念。"

"想念谁？"

"她。"

"她是谁？"

"她是我想念的人。"

又一阵沉默。

和文艺男对话真是令人头疼的事情，但是，我依旧小心翼翼地想打听他的心事。

这样的人，不说则已，一旦倾诉，必定掏心掏肺。

"春风十里不如她，不知此刻她在西安的夜色中是否安眠。在那个暮鼓晨钟的城市，应该会幸福吧。"他打破了沉默，兀自说着。

气氛活络开来，我们聊得也越来越多，我终于得知了他为何伤感。

原来他和他的女朋友本来约好要来同一所城市上大学，女生当时也是语文成绩特别好的那种，两个人因都喜欢《红楼梦》而结缘，发誓生生世世都会在一起。

让我觉得搞笑的是，他说"生生世世"这几个字的时候特别真诚，就好像在拍古装片，男主角对女主角说："这一世许你如意顺遂，保你生生世世安稳无忧。"

我忽然觉得他好像一个侠客，意气风发地想带着心上人闯荡江湖，做一对鸳鸯，万水千山皆是情，彼此做伴，携手白头。

但是残酷的现实让他瞬间清醒，他说他女友分数不理想，在家人的压力下最终还是报考了本市的学校。虽然他说过即使异地他也愿意等，但是女友不乐意，一句"分手吧"彻底击碎了他的梦。

此刻他眼睑低垂，即便看不到他的眼神，也能感觉到他的孤独。

这样外表冷傲的男人其实内心比任何人都要炙热。这样文艺的男人，浪漫起来可以给你写一个世纪都不腻的情书。

他是这样单纯、清澈而又笃定地相信这个世界，如果想给他承诺就要许一世，万万不可轻易放手。

这是最常见的失恋，但是在他这里却是最钻心的痛。

我从未见过这样的冷虎。

他用手狠狠握着高脚杯，呼哧呼哧地喘着粗气，手背上青筋暴露。

原来，再高冷骄傲的男人，在爱情面前，终究是逃不过情殇的俗人。

我一杯杯地陪着他喝，很快，就有点醉了。我说我不能再喝了，只能陪你喝这么多了。

他说："谢谢你能来，但是，为什么我还没有醉？"

我说："那是因为你想着那个人，她比酒更能醉人。"

他说："那怎么办，我想忘掉她，可是我做不到。"

看着他伤心的样子，我也只能陪着叹气。最后给服务员留了我的电话后，我就先离开了，叮嘱他们如果有需要，给我打电话。

那时候已经是寒冬。

我带着微微的醉意，走在萧条的校园小路上，心里突然涌出一些悲伤的情绪。

为什么人失恋了，喜欢喝酒？

可能最简单的回答是，喝酒可以醉，醉了就可以放纵自己去做任何事。下定决心分手也好，给她打最后一通电话也罢，都是需要勇气的事情。而酒精，可以帮你做到。

还有一些人是希望麻醉自己。

醉了就可以不再想念，醉了就可以让自己好受一点。

但是往往忘了，她比酒更醉人。

寒夜的风吹得再刺骨，也凉不过你给的冷漠。坛子里的酒再浓，也浓不过你给的寂寞。喝遍全天下所有的好酒，品过一杯杯叫作难过的滋味，以为自己可以好过一点，但是却事与愿违。

这才发现，所有的酒，都不如你。

原来你竟有这本事，让我神魂颠倒，昼夜不分。

你，才是这世上最浓的酒。

这一杯让我欢喜，下一杯就让我流泪。

那个人，你假装没看见，却用余光看了千万遍

上初中时，我做过一件特别傻的事情。

那时班级里刚调完座位，我坐在中间偏右的位置，右边是过道，左边是一个妹子，再往左就是墙。

和我一排的右过道那边，是班长，男生，学习很好，颜值也很高。

位置调换一周后，我慢慢觉着有点不对劲儿。

班长总找我问问题，按理说，他的成绩比我好啊，干吗要来问我问题？

凭着女生的直觉，我感受到了一丝暧昧的气息。

我悄悄戳戳左边妹子，问她："哎，你注意到没有，班长怎么总来和我搭讪啊？"

她表情似笑非笑，说："是吗？我没注意……"

又过了几天，班长依旧经常往我这边看，有时上着课也有意无意地往这边瞟一眼。我更加坐不住了，心如小鹿怦怦地跳，我甚至想好了他可能会用什么方式向我告白，而我应该怎么回应他。

上课时，我忍不住又一次偷偷戳戳同桌妹子："哎，你真没发现吗？班长刚才又往这儿瞟了……"

妹子看我一脸沉醉的表情，终于忍不住了，咳了一声，写了小纸条传过来，我打开看，上面写着："其实，他不是看你啦！"

我一脸惊讶，什么意思？

有种被人否定的挫败感再加上熊熊燃烧起的好奇心，我急切地回："那是……谁？"

妹子给我使了个眼色，淡定地指了指自己，小声地说："我。"

我傻了。

下了课，妹子给我看她上周收到的情书，正是班长写的。

原来，班长每次有意无意往这儿瞟，不是看我，而是要找个借口和理由趁机偷窥我的同桌。

我尴尬得满脸通红，口齿不清地说："啊，我想过是你呢……其实我刚才就是说着玩的，哈哈……"

我边说边想找个地洞钻进去，或者来盆凉水浇一浇我像烧铁一样红彤彤的脸蛋和脖子，降降温换个色。

妹子后来跟我说，在班长告白之前，她其实早已注意到他的眼神了。

他虽然故意乱瞟，却总能在人群中精准定位在她身上；而她虽然默不作声，就算背过身去，也会准确分辨出他的追踪眼神来自于哪个方位，停留时间大概多久。

他小心翼翼地伪装，用余光瞟了她上千上万次，其实一开始，就已经在她面前露出马脚，而他自己还误以为隐藏得很好。

就算捂住嘴巴，满眼也是对方。我喜欢你，就算装作不经意地乱瞟，可在人群中的你，还是可以感受到我怦怦的心跳。

我的另一个朋友最近刚刚结束单相思，陷入了热恋。她喜欢的人，是大她一级的学长。

在学校时，我朋友就特别迷恋那个男生。在一次老乡会上见到了大她一级的学长，瞬间就挪不开目光了。

那个男生穿什么她都觉得好看，以前一直不屑的艳红色运动衫，穿到他身上，她立刻觉得这颜色衬得肤色好白好润，配上他，刚刚好。

她喜欢他却不敢说。

她每晚和姐妹们躲在宿舍喝酒，豪放地说第二天要直接冲到他班里大声告白。结果第二天，在路过他班级门口时，脸蛋立马变得红彤彤，低着头拉着舍友赶紧逃离。

有一次在食堂打饭，我和她忽然一同瞥见站在隔壁队伍的男神学长。

我赶紧拽了拽她的衣袖，给她使眼色。果然，她立马蔫儿了。

刚才我俩天南海北的阔谈戛然而止，她害羞了，手慌乱得不知要往哪儿放，既想让他注意到她的存在，又不想被他发现。

我默默跟在她身后，好笑地看着她在我面前慌乱的样子。

她转过头悄悄问我："我没有表现得很明显吧？"我无奈地笑着说："是不明显，你的眼珠子都要飞出来贴在他身上了！"

"啊？那么明显吗？"

"嗯哼，你说呢？"

"哎呀，不行，不能看他，不能看他……"

说完，眼睛又控制不住地往那边瞟了几下。

直到毕业，她也没能够鼓起勇气告白。

前阵子同学聚会，她又见到了当年那个让她魂牵梦绕的身影。

她觉得他什么都没变，还是那样成熟有魅力，只不过更帅更耀眼了。

她依旧不敢直视他，但不用说想想也知道，一定又是各种偷瞟。

聚会快散场时，有个同学无意说了一句："哎，xx，这个是小师妹，你们俩之前在学校见过吗？看你们都没说过话，是不是以前不熟啊？"

朋友的脸立马变得通红，接过话来："对对对，不熟不熟，今天第一次见。"

学长却微微笑了，不紧不慢地说："没有吧，我们见过好几次呢！"

这句话重重击在了朋友心上，她惊诧得抬起头看他。

她第一次大大方方地看他，问他："什么时候？我……不记得啊！"

学长依旧不慌不忙，端起酒杯："你都知道的。"

后来她在微信里告诉我他们恋爱了，害羞地说："啊！他好讨厌！之前我偷看他他都知道，却还欲擒故纵，一直不说……哼！好腹黑！以后我在家里的地位可怎么办啊？"

我问："他什么时候知道你喜欢他的？"

她说："他说每次我偷看他，他都知道，心里偷着乐但表面上什么都不说。太气人了！"

欲擒故纵了这么多年，也算得上是真爱了。

你看，其实，喜欢一个人，是藏不住的。

他偷看你，就算你在熙熙攘攘的人潮里，还是会感觉到有一束光落在自己身上。那是一束灼热、期待、充满爱意、不安又坚定的光，穿越几个街区，穿越寒暑昼夜，穿越你的过去和你们的未来。

"爱"这件事，被爱的人，一定知道。至于结局如何，取决于被爱者的态度。

　　他若想回应，定会在某天用一双真诚的眸子稳稳接住你偷瞟的余光，免你思念和不安，从此一生为伴；若是不想，便继续在他的世界里逍遥自在，对于你上万次的偷瞟视而不见。

图书在版编目（ＣＩＰ）数据

永远对美好的自己充满期待 / 萱草著 . —武汉：长江文艺出版社，
2017.12

ISBN 978-7-5354-9968-4

I.①永⋯ II.①萱⋯ III.①随笔—作品集—中国—当代 IV.① I267.1

中国版本图书馆 CIP 数据核字（2017）第 236427 号

永远对美好的自己充满期待

萱 草 著

选题产品策划生产机构 | 北京长江新世纪文化传媒有限公司

总 策 划 | 金丽红　黎　波　安波舜

策划编辑 | 李　含　　　责任编辑 | 孟　通　　　助理编辑 | 王　君

法律顾问 | 张艳萍　　　封面设计 | 末末美书　　媒体运营 | 张　坚　符青秧

创意策划 | 维小安　　　内文制作 | PAI 设计　　责任印制 | 张志杰　王会利

总 发 行 | 北京长江新世纪文化传媒有限公司

电　　话 | 010-58678881　　　　传真 | 010-58677346

地　　址 | 北京市朝阳区曙光西里甲 6 号时间国际大厦 A 座 1905 室　　邮编 | 100028

出　　版 | 长江出版传媒　　长江文艺出版社

地　　址 | 湖北省武汉市雄楚大街 268 号湖北出版文化城 B 座 9-11 楼　　邮编 | 430070

印　　刷 | 北京京都六环印刷厂

开　　本 | 880 毫米 ×1230 毫米　1/32　　　　印张 | 9

版　　次 | 2017 年 12 月第 1 版　　　　　　印次 | 2017 年 12 月第 1 次印刷

字　　数 | 105 千字

定　　价 | 42.00 元

盗版必究（举报电话：010-58678881）

（图书如出现印装质量问题，请与产品策划生产机构联系调换）